我的幸福婚約

二

顎木あくみ

輕文學
Light Literature

目錄

序章

落在身上的陽光，強烈到足以灼燒肌膚的程度。

天氣已經夠炎熱了，但在高大的現代化建築物林立的帝都，看著人工鋪設的道路上冒出讓景象晃動扭曲的熱氣，更讓人感到熱得難受。

新感受著被汗水浸溼的襯衫黏在身上的不適，將視線移向前方。

（白色陽傘……難道就是那個？）

那裡有一名撐著陽傘佇立在街頭的年輕女子。她身上的一襲和服，以充滿夏日風情的藍與白為底色，再以清純而惹人憐愛的石竹花圖樣點綴。錯不了的。臉色看起來蒼白不已、感覺隨時都會倒下的她，正是新的目標對象。

雖說是目標對象，但新目前並沒有與她接觸的必要。他只是想來看看傳聞中的她——名為齋森美世的人物。

不過，無論對方是什麼樣的人物，新等人的計畫都不會改變。因此，他這樣的視察並沒有太大的意義。這純粹是他興趣使然的行為罷了。

（都已經痴痴等待那麼久了，我只要能有屬於自己的職責就好。）

重要的是擁有那種異能的人本身，以及新和族人的職責……還有夙願。

新並不在意齋森美世這個個體如何，頂多只希望她的個性不要太難纏，所以才特地來到這裡確認。

不過，話說回來——

（該說是平凡……還是不起眼呢？感覺是個個性陰沉的女人啊。）

要是繼續惡化下去，她看起來說不定會變得像個幽魂。根據新聽來的情報，她在和久堂家當家訂婚後，外表和內在應該都開始出現變化的徵兆才對。

新鬱悶地嘆了一口氣時，朝這裡走過來的她，身子突然失去平衡地晃了晃。

——她會跌倒。

但也無所謂——儘管內心冷冷地這麼想，新仍不自覺地伸出自己的手。

「哎呀。」

佯裝成只是湊巧伸出援手的他，嗓音聽起來格外虛假。

一如弱不禁風的外表，險些暈倒在地的她，身子輕盈又細瘦不已。憑她這個樣子，就算只是大熱天站在路上便消耗掉所有體力，也是理所當然。

「非……非常抱歉！」

惶恐到讓人覺得有點可憐的她，慌慌張張地朝新低頭致歉。看著這樣的她，新的內心湧現了些許的同情、以及「原來我必須守護這樣的一名女性啊」這種奇妙的、恍然大悟的感覺。

原來如此。孱弱到這種程度的話，確實有從旁守護的必要性。

——雖然她的個性果然陰暗到讓人有些厭煩就是。

「噢，請妳抬起頭吧。」

不管怎麼說，命運的齒輪已經開始轉動了。

將她捲入、然後奪走。透過這樣的方式，新才能找出自己的存在價值。

他堆出一個溫柔和善的笑容，和她正面相視。

◇◇◇

寬廣的宴客廳裡一片寂靜。

室內的裝潢極其華麗，但擺放的物品數量卻相當少，只有鋪在房間正中央的一床被褥而已。被褥上躺著一名年老的男子。

「可恨，真是礙眼。」

男子轉動他凹陷眼窩裡的乾癟眼球，恨恨地這麼自言自語。然而，宛如枯木那般細瘦的身軀，讓他的話語聽起來只像是無力的吐氣聲。

被譽為是帝國裡最崇高之人的他，過去身邊原本圍繞著許多人，但現在卻淪落到如此孤單淒涼的處境。這樣的情況，除了諷刺以外，或許找不到其他形容詞了吧。

「陛下，能打擾您片刻嗎？」

這時，房間外頭傳來一個人聲。男子淡淡回了一句「無妨」之後，一名青年以優雅的動作輕輕拉開日式拉門，安靜地踏進房裡。

男子再次轉動他的眼球望向這名青年。

對他來說，將三件式西裝極其自然地穿上身的這名褐髮青年，雖然有些不好應付，但在這次的任務中是必要的一顆棋子。

「你有什麼事？」

「敝人想為了先前那件事徵詢您的許可。」

對了，他有要求這顆棋子暫時「等著」。

男子試著喚起這陣子時常變得模糊的記憶，終於想起了青年今天來到這裡的理由。

「是嗎？」

他簡短回應在自己枕邊叩首的青年。

準備工作馬上就要完成了，過不久……再過不久，男子就能夠排除令他畏懼的一切。

「請您下達許可吧，敝人無法再繼續等待下去，應當讓萬物回歸正軌。懇請您給予吾等一償夙願的機會。」

「——別太放肆，注意你說話的語氣。」

「……非常抱歉。」

儘管是氣若游絲的一聲斥責，但已經足夠讓情緒有些激動的青年閉上嘴巴。

即使肉體日漸衰老，男子與生俱來的威嚴依舊存在。

「近期狀況會出現變化，我允許你開始行動。」

這麼表示後，男子因焦躁和屈辱感而狠狠咬牙。

自己為何非得為區區一個毛頭小子和小丫頭如此費心？原本根本不值得一提的人，現在卻這般牽動著男子的心情，這實在非他所願。

令人不快、厭煩又憤恨不已。

然而，倘若在這個關頭放棄，一切都將付諸流水。

為了讓自己的血脈繼續傳承下去，為了不讓這個血脈受到任何迫害，為了留下和自己相聯繫的東西——他必須排除所有威脅。

「可別誤判了時機。」

「遵旨。那麼，敝人會一如計畫那樣開始採取行動。」

再次朝男子行禮致意後，青年帶著輕巧的腳步聲離開。

寂靜再次籠罩了寬廣的宴客廳。

男子試著想像未來。然而，即使閉上眼，他也已經看不見任何景象。

不過，從過去到現在，上天原本就不曾讓男子預知他的後代的未來。正因如次，為了確實掌握住自己想像中的未來，男子才要主動出擊。

「您找我嗎，陛下？」

搖了搖放在枕畔的傳喚鈴之後，一名侍從出現在男子面前。

「……把『奧津城』的那些怨靈誘導到村落去。不問百姓的生死。」

「屬下遵旨。」

侍從沒有表露出一絲情感起伏，只是嚴謹地接受男子的命令。

「絕對要消滅那個異能……」

未來由自己的兒子統治的這個國家，不需要那樣的東西。

緩緩闔上眼皮後，男子的意識跟著深深地、深深地下沉。

第一章　惡夢與可疑的身影

進入夏季後，只要過了早晨時段，氣溫就會一下子變得炎熱。

原本清爽宜人的空氣，在陽光加熱下迅速升溫，轉眼間變成讓人滿身大汗的溫度。

洗完衣服後，齋森美世躲到陰影處吐出一口氣。

（感覺今天也會是很熱的一天呢。）

美世和她的未婚夫清霞，目前居住在位於郊區的小小房舍裡，一起過著平淡低調的生活。

這間極為恬靜的——感覺像是一般老百姓所居住的家屋，四周被幽靜的大自然環繞，因此日照沒有市區來得那麼強烈。但進入盛夏後，依舊會炎熱到讓人使不上力氣。

不過，在這樣的酷暑之中，前庭那頭仍不時傳來像是俐落劈砍空氣的咻咻聲。

從房舍後方繞到庭院旁一探究竟的美世，發現是清霞正在以木刀練習揮刀。

輕柔飄逸的淺褐色長髮，一雙偏藍的眸子嚴肅地瞇起。他揮刀的動作十分流暢，即使看在外行人眼中，依舊美得令人屏息。除了屬於男性的瀟灑以外，還帶有幾分女性的優美。外貌清秀得幾乎找不到半個缺點的他，便是這個家的主人。

像今天這樣不用值勤的日子，他仍會勤於鍛鍊，從不懈怠。

（不行，現在不是看得入迷的時候呢。老爺應該快要練完了。）

美世以雙手掩上不知是因為天氣炎熱、還是因為害臊而發燙的臉頰，暫時折返回屋內。

備好折疊整齊的毛巾和冷水後，美世再次來到庭院裡。這時，清霞剛好也停下了揮刀的動作。

「老爺，請您用這個擦擦汗。」

「噢，謝謝。」

看到清霞露出柔和的笑容，美世再次覺得雙頰開始發燙。

清霞實在太過美麗了。所以，每當看到他對自己微笑，美世總會心跳加速。沒有比這對心臟更不好的事情了。

「美世，妳的臉很紅啊，還好嗎？」

「！」

看到清霞為了觀察自己的臉色而探過頭來，美世忍不住朝後方退了半步。

但清霞完全無視美世這樣的反應，只是將手覆上她的額頭。

「感覺……應該沒發燒。」

「是的，我……我完全沒事。」

「這樣啊。」

待清霞將手抽離，美世緊繃的身子才終於放鬆。她的心還是跳得很快。

「我去沖個澡。要是覺得身體不舒服，就好好休息吧。」

「好……好的。」

看著清霞的背影消失在房屋深處，美世嘆了一口氣。

最近的她總是這樣，就連前幾天那時也——

（這……這種事晚點再思考吧！）

光是回想起來，美世就覺得自己又要變得滿臉通紅了。她連忙趕回曬衣場，收拾洗衣服的用具。

又過了幾分鐘之後，有客人造訪這個家。

「不好意思～」

出現在玄關的，是穿著打扮跟這個樸素的家有幾分格格不入的女性。

「初次見面，妳就是美世妹妹嗎？我叫做久堂葉月，是清霞的姊姊。」

一看到美世，就雙眼發亮地跑到她身邊的這名女性——也就是葉月，讓美世一下子愣在原地。

「您……您好，初次見面……」

儘管有些被對方的氣勢震懾住，但美世總算勉強擠出了回應。

表示自己是清霞之姊的葉月，是個感覺很開朗大方的美女。

五官看起來和清霞有點相似的她，散發出一股富有女人味的柔和氛圍。一頭及肩的大波浪褐色卷髮、以女孩子來說偏高的個子、再加上從剪裁涼爽的連身洋裝中探出來的白皙手腳。這樣的她，或許就是所謂的新時代女性（Modern Girl）吧。

雖然看起來是一身輕便的打扮，但葉月穿戴在身上的高品質洋裝和飾品，確實顯現出她本人的家世背景。

「好久不見了，葉月大人。」

來到玄關迎接的幫傭太太由里江，笑瞇瞇地這麼問候葉月。下一刻，葉月拾起由里江的手大力搖晃。

「哎呀，由里江！真的好久不見了呢。我們最後一次見面，是幾年前的事情了呀？看到妳身子還這麼硬朗，真是太好了。」

「謝謝您。」

愣愣地杵在一旁的美世，看著葉月這麼大力搖晃由里江的手，忍不住開始擔心由里江的手會不會被晃到脫臼。

不過，身為當事人的由里江臉上仍滿是笑容，所以應該不會有問題吧。

「受不了……姊姊，妳還真是一點都沒變啊。」

這時，看來已經沖過澡的清霞板著一張臉現身。

「哎呀，清霞，你今天不用工作？」

「我今天休假。」

「哎喲，真討厭～你才是一點都沒變呢，態度總是這麼冷淡。好不容易找到一個這麼可愛的未婚妻了耶。」

「這種事不用妳操心。」

雖然比清霞年長，但葉月嘟起嘴的模樣，讓她看起來相當稚嫩。就連宛如少女的一舉一動，也不會讓人覺得哪裡不對勁，感覺很不可思議。

「算了，沒關係。比起這個，美世妹妹……啊，我可以這樣叫妳嗎？」

「可、可以。」

「清霞拜託我過來當妳的家庭教師，妳聽說這件事了嗎？」

「呃……」

美世有聽說今天會有客人來訪。因為家庭教師一事，是美世主動拜託清霞的，所以老師造訪家中也是理所當然。只是，她並沒有聽說這位老師就是清霞的姊姊。

感到一團混亂的美世，想起方才在腦中閃過的、幾天前發生的那件事。

在齋森家、辰石家和久堂家三個家系之間的那場騷動結束後，日子終於回歸平靜。美世也像以前那樣過著做家事打發時間的生活。

沒有任何重大變化、和平而安穩的日常，一直是美世所渴望的。因此，她沒有任何不滿，甚至還覺得這樣的生活幸福到令她害怕。

然而，在她的腦海一角，「不能這樣繼續下去」的焦慮不安其實一直隱隱約約地存在著。

作為清霞的妻子，美世最重要的職責，便是像這樣守護這個家、在清霞身旁支撐他。然而，美世明白光這樣並不足夠。

茶道、插花、琴藝、完美無缺的禮儀教養，社交舞、談吐、文化素養。一般的名媛千金理所當然會學習的這些技藝，是各個家系在交流時不可或缺的能力——久堂家貴為名門家系，因此，即將成為當家夫人的美世，想當然耳也少不了這樣的能力。

在晚餐時間，沒有食欲的美世放下筷子，下定決心開口和清霞商量此事。

『妳說妳想重新學習作為一名淑女應有的禮儀教養？』

『是的，請問……可以嗎？』

回想起來，有一段期間，美世也曾在齋森家接受過名門千金所應該接受的教育。但這樣的學習之後被繼母強制中斷，導致美世只學到了基礎的皮毛。然而，在苦無使用機會的情況下，連這樣的基礎知識，都從她的記憶中慢慢消失。

關於這方面，清霞沒有表示過什麼。然而，身為即將成為他的妻子的人，美世認為繼續這樣下去並不妥。她不能總是依賴清霞的溫柔。

『也不是不可以，但……妳真的無論如何都想學嗎？』

清霞皺眉沉思起來。

他恐怕是在顧慮美世得承受的負荷吧。老實說，美世並不擅長和他人交際往來，做事也常常不得要領。當然，她想重新學習禮儀教養的決心，並不是隨口說說而已；只是，如果學習一事成為超乎自己想像的重擔，說不定連美世的日常生活都會受到影響。

話雖如此，但她不能就此打退堂鼓。

『是的，我無論如何都想學。我會自己去找老師，不會給老爺添麻煩……所以，希望您可以同意。』

『……』

朝清霞深深一鞠躬之後，一陣嘆息聲傳入美世耳中。

『妳還是老樣子呢，動不動就向人低頭鞠躬，再說——』

聽到清霞只把話說一半，美世不解地抬起頭，發現他正直直盯著自己。

他伸出觸感偏硬的白皙手指，撫上美世的臉頰。

『妳的氣色看起來不太好，就連現在，妳恐怕也在逞強吧？』

『！』

為清霞這番舉動感到害臊不已的美世，瞬間變得滿臉通紅。她連忙搖搖頭表示：

『我……我沒有在逞強！我很有精神呀。』

『噢，這倒是。妳的臉色現在紅潤到看起來像是發燒了啊。』

『咦？這、這是……因為……那個……』

看著美世手足無措到說不出話、嘴巴只能一開一闔的模樣，清霞忍不住笑出聲。

像這樣被調侃，讓美世相當不習慣。雖然她壓根沒有因此而討厭清霞，但還是有那麼一點忿忿不平。

『老……老爺……』

『抱歉，別用那種怨懟的眼神看我嘛……算了，也好。我知道能夠勝任家庭教師的人選。我會聯絡對方，讓她到家裡來。』

『咦！』

聽到清霞以理所當然的語氣表示「讓她到家裡來」，美世不禁瞪大雙眼愣住。

『用不著客氣，我只是讓那個大閒人好好發揮她的用處罷了。』

『大閒人？』

在清霞給出這個不容辯駁的結論後，這個話題便在當下結束。美世也不知道事情究竟會如何發展——

（沒想到竟然會是老爺的……）

竟然是清霞的姊姊來擔任自己的家庭教師。

看著眼前這名朝自己微笑的女子，美世心中只有滿滿的緊張與不安。

「反正，清霞一定沒有好好跟妳說明對吧？」

「沒……沒有……」

「不要緊，我會負責把妳教育成一流的貴婦人喲。」

葉月將雙手握成拳頭，滿面笑容地這麼宣言。

在對話告一段落後，美世連忙請葉月進入起居室，並為她端來茶水。

葉月帶來的傭人，在替她將行李拿進房裡後便離開了，而由里江也在不知不覺中離席。所以，現在房裡只剩下美世、清霞和葉月三人。

「好了，那我們進入正題吧。美世妹妹，妳想學習禮儀教養是嗎？」

「是的。」

聽到葉月這麼問，美世用力點點頭。

「我有在女校讀到畢業，也從年幼時期就開始學習各種技藝，所以教妳基礎是沒問題的……可是，妳不會覺得排斥嗎？」

葉月有些不安地垂下眉毛。

（排斥……？）

能讓葉月指導自己禮儀技藝，她不可能再有什麼好埋怨的。

美世朝清霞偷瞄了一眼。他只是坐在一段距離外看著兩人，並沒有開口介入的打算。

美世筆直望向葉月的雙眼。

「我不會覺得排斥……請問，您為什麼會這麼問呢？」

「我是經歷過一次婚姻失敗的女人呢。而且，大姑這樣的存在，挺討人嫌的不是嗎？」

至此，美世才有種恍然大悟的感覺。

自我介紹時，她說自己是「久堂」葉月。身為清霞的姊姊、亦即久堂家千金的她，不可能到了這種年紀還小姑獨處。所以，她或許是一度出嫁、但最後又回到娘家的狀態吧。會說大姑討人嫌，恐怕也是她個人過去的經驗。

美世感覺自己似乎問了個粗神經的問題，不禁因此有些沮喪。

「我……不會在意這樣的事情。」

「真的嗎？妳不排斥？」

「是的。」

「太好了！」

表情一下子開朗起來的葉月，就這樣直接撲向美世抱住她。一股淡淡的甜美香氣跟著竄入美世的鼻腔。

因為過於突然，美世幾乎要昏厥過去。

「咦……那……那個……」

「怎麼會有如此乖巧的好女孩呢！清霞，我可以把她帶回家嗎？」

「不可以。」

清霞雙手抱胸，以一臉沒好氣的表情回應。

「真小氣～讓我把美世妹妹帶回家，花時間進行密集的學習，或許對她比較有幫助呀。」

「……不可以。」

「也是呢。我把美世妹妹帶回家的話，你一定會覺得很寂寞吧。」

面對姊姊毫不留情的調侃，弟弟「嗚」地一聲，說不出半句話。

儘管心有不甘地皺起眉頭，但清霞似乎也不討厭這樣的玩笑話。他這種罕見的反應，讓美世想要會心一笑。

（可是……為什麼呢？）

她不自覺地將手撫上自己的心窩。

總覺得胸口深處彷彿颳起一道寒風。今天的清霞一如往常，初次見面的葉月也很溫柔。儘管如此，她卻有種寂寞的感覺，為什麼？

「妳怎麼了，美世？」

回過神來後，美世發現清霞直盯著自己瞧，葉月也好奇地歪過頭望著她。這讓她有些慌張。

「沒……沒什麼。」

「是嗎？要是身體不舒服……」

「不，我真的沒事。」

「美世妹妹，不可以逞強喲？」

這陣子以來，清霞經常擔心美世的身體狀況。雖然美世很清楚原因為何，但難道他也知情嗎？

然而，儘管如此，她也沒有時間停下腳步。如果只是些微的不便，她想忽略這些因素，然後試著往前。

聽到美世堅持自己沒事，清霞便沒再多說什麼，葉月也露出安心的笑容。於是，對話內容再次回到學習的正題。

「這樣的話，我覺得還是要立下一個目標比較好喲。」

「目標……是嗎？」

葉月從自己帶來的行李中取出幾本教科書，將它們並排在桌上。

「沒錯。先訂定一個短程目標的話，就能夠朝著這個目標努力了吧？如果一開始就把目的放在『成為自己心目中最理想的模樣』，會讓終點變得相當遙遠，而且恐怕也很難得到令人滿意的成果呢。」

原來如此，或許真的是這樣沒錯。如果立下一個努力就能夠達成的目標，並試著朝這個方向前進的話，也比較能夠實際感受到自己的成長。

「兩個月後，剛好有一場很適合作為短程目標的宴會。我跟清霞也都受到邀請了，妳就當成是一個起頭，跟我們一起參加吧？」

「咦！」

聽到這麼唐突的邀約，美世不禁瞪大雙眼。

她從不曾參加過宴會這種活動。光是禮儀教養，她都只有一知半解的程度了，因此，美世實在不覺得經過短短兩個月的時間，自己就能成長到可以出席宴會的程度。

這時，葉月彷彿已經看透美世內心想法那樣朝她微笑。

「不要緊。我跟宴會的主辦人是舊識，所以不需要彼此顧慮太多。而且，這場宴會的性質，也比較接近氣氛輕鬆的聯歡會呢。」

「可是……」

看到美世遲遲無法進入狀況的反應，清霞也跟著從旁開口。

「妳就試試看吧。」

「老……老爺……可是我……」

「不管學了多少東西，如果不能實際運用就沒有意義了。」

雖然說法有些嚴厲，但清霞這番話再正確不過。現在，如果不鼓起勇氣，一切就毫無意義可言。

美世想要改變。既然這樣，就只能放手一搏了。

「我明白了……請讓我一起參加那場宴會。」

此刻，美世明白自己臉上的表情相當僵硬。光是說出「參加宴會」幾個字，便讓她緊張不已，感覺心臟彷彿正在體內瘋狂暴動著。

「別擔心，我們不會突然就要求妳穿上禮服跳舞的，加油吧。」

「是。」

葉月很溫柔，喜歡說話這點雖然跟清霞完全相反，但兩人個性溫柔的地方其實十分相似。

為自己找來這樣一位家庭教師的未婚夫，讓美世打從內心深深感謝。

◇◇◇

跟美世大致討論過今後的學習方針後，葉月留下她帶來的大量教科書，便返回現在只有她一個人居住的久堂家主宅邸。

這些或許是葉月還是個少女時，在女子學校上課所使用的教科書吧。話雖如此，每一本讀物卻都乾淨整潔到讓人懷疑她是不是真的有翻過的程度。美世一臉開心地眺望著這些書本。

看著雙眼罕見地因興奮而閃閃發光的她，清霞內心有些五味雜陳。

（……我也明白不能就這樣下去，但……）

是不是應該馬上阻止她的學習計畫才對？

儘管清霞為此苦惱不已，但看到美世臉上那開心的表情，他就變得什麼都說不出口了。

這天晚上，他同樣因為某個氣息而醒來。

在黑暗之中，一股清霞相當熟悉、宛如墨汁緩緩將清水染上顏色那樣的氣息，滲透至這個家裡，在空氣中瀰漫。

又來了嗎——雖然這麼想，但他實在無法置之不理。

清霞慢吞吞地從棉被裡起身，一邊注意不要發出腳步聲，一邊緩緩前進，最後來到未婚妻熟睡的房間外頭。

仔細想想，自從她來到這個家中之後，打從一開始，徵兆其實就已經出現了。只是，這股氣息一開始微弱到就連清霞也沒能察覺到，所以他並沒有發現。

——異能的氣息。

就像開槍之後殘留在空氣中的火藥味那樣，現在，這個家中飄散著異能發動過後留下的氣息。

已經聽習慣的、美世微弱的痛苦呻吟聲，同時從拉門的另一頭傳來。

（……美世。）

清霞輕輕拉開拉門，走進房內。

異能的氣息變得愈發強烈，強烈到足以讓肌膚感受到陣陣刺痛、讓人無法呼吸、嗆到猛咳的程度。

他緩緩朝鋪設在房間正中央的被褥走去，然後坐了下來。

「不……快……住手……」

額頭上滿是汗珠的美世，虛弱地不停說著夢話。無論目睹幾次，她這副模樣都令清霞心疼不已。

「沒事的……已經沒事了。」

清霞伸出一隻手，包覆住美世儘管身處盛夏夜晚卻冰冷不已的手，另一隻手，則是為她撥去蓋在額頭上的髮絲。

他一直這樣陪在美世身旁，直到她發出熟睡的均勻呼吸聲為止。

◇◇◇

黎明時分，躺在被窩裡的美世迷濛地睜開雙眼。

汗水和淚水在臉上乾透的痕跡，讓肌膚有種不適的緊繃感。

……又是惡夢害的。

從娘家齋森家來到這個家裡，已經過了幾個月，季節也從春季進入夏季。在這段期間，連綿不絕的惡夢，幾乎每晚都折磨著美世。

至於惡夢的內容，有些即使在她醒來後也鮮明無比，有些則是一下子就不記得了。

印象中，一開始的時候，這些惡夢多半是她還待在娘家時辛酸痛苦的回憶，但最近變得不太一樣——被完全不認識的陌生人持續怒罵、貶低的夢；被幽禁在黑暗狹窄的地方的夢；被駭人的怪物追趕的夢；他人死去的夢；還有——

「只是……作夢而已……」

有時，清霞和由里江也會出現在惡夢裡頭，這種時候，美世的胸口總會湧現格外強烈的痛楚。

雖然已經習慣哭著醒過來，但因為害怕作惡夢，每到就寢時間，她總會猶豫要不要睡下。因為這樣，美世的睡眠時間愈來愈不足，也陷入了實在不能說是健康的狀態。

在清霞的細心照顧下，一度重拾健康的身體，現在再次開始變得虛弱。

（……不能讓老爺為我擔心。）

更何況，她還有很多該做的事情，沒有多餘的時間倒下或休息。

美世以手稍微抹了抹臉，便一如往常地更衣，然後前往廚房。

「我出門了。」

「是，請您路上小心。」

送清霞出門上班後，美世「呼……」地吐出一口氣。

今天早上的氣溫變得更高了，再加上濕氣又很重，形成一種令人難耐的悶熱感，在不知不覺中持續消耗著美世的體力。

這個不經意的小動作，讓身旁的由里江微微蹙眉仰望她。

「美世大人。夏天是很容易消耗體力的時節，請您不要太勉強……」

「我……我沒事的。」

美世連忙開口否定，然後走回室內。

清霞和由里江都時常觀察著美世，直覺也很準。美世也很明白，有這兩人在身邊關心自己，是多麼幸福的一件事，然而，她不能老是依賴他們。

雖然有些睡眠不足，但還不到完全失眠的程度，所以應該不至於帶來什麼影響。只是感到些許倦怠罷了。

（只要撐過去，之後一定就能習慣。）

她在內心這麼說服自己，然後返回廚房，迅速將碗盤餐具清洗乾淨。

這樣的家事，美世長年以來一直都在做。因此，就算注意力有些不集中，也不成問題。已經根深蒂固的習慣，能讓她下意識地採取動作。

結束廚房的工作後，接下來是洗衣服。

在夏天早上洗衣服，因為能接觸到沁涼的水，所以是一件很舒服的事。在洗衣盆中努力搓揉衣物的同時，老是籠罩著一片霧氣的腦袋，彷彿也一併被洗乾淨了。

將洗好的衣物擰乾，然後晾在曬衣竹竿上。雖然是每天的例行公事，但在將所有衣物都晾完後，美世總會湧現小小的成就感。

「……呼。」

還可以，我還能繼續努力。

和待在娘家那段時光相比的話，這根本、完全稱不上辛苦。

美世以雙手拍了拍臉頰，督促自己重新鼓起幹勁。

今天，葉月會在稍晚的時間過來指導她學習。在她來訪之前，美世想先拿她昨天留下來的教科書預習一下。

「那個，由里江太太。我想回房間預習今天要學的……」

「好的、好的，您請便喲，打掃工作就交給我吧。」

捧著水桶返回室內後，美世這麼開口，由里江也大方允諾她。

拜託由里江多負擔家事，雖然讓美世有幾分過意不去，但她還是返回自己的房間，從教科書的小山裡抽出其中一本。

《家庭守則》。

這本教科書的書名還真是直接。

內容似乎是在說明各種家事的基本要領。一開始的幾頁，全都是絮絮叨叨地教誨「何謂賢妻良母」的文字。諸如妻子的職責為何、母親的職責為何、該怎麼支撐丈夫和家庭等等。

連一些看似理所當然的道理，作者都以殷切而嚴謹的字句表達出來，彷彿想將這些思想深深值入讀者腦中似的。

（好討厭啊……）

愈是往下讀，美世愈感到不安。

她希望能成為一名配得上清霞的妻子。然而，成為一名賢妻良母，就是正確答案嗎？還是說，確實滿足丈夫在食衣住等方面的需求，才是一名優秀女性應有的行為舉止呢？

——若是這樣，那麼，這和現在的她又有什麼不同？

對美世而言，距離她最近的名門之妻，就屬繼母香乃子了。因此，她總覺得香乃子能做的事情，自己也必須做到，才會決定提出學習禮儀教養的要求。

（我原本以為自己的想法沒有錯……）

理想的妻子，配得上清霞的妻子——這類不夠具體的形象，化為模糊的影子，盤據在美世的內心……對於自己所選的這條路究竟是否正確，她現在只感到滿心的不安。

美世停下翻頁的動作，茫然地任憑時間流逝。

又過了片刻後，葉月在約定好的時間前來，開始指導美世學習。

「好啦，美世妹妹，我們要從哪裡開始呢？」

對美世露出笑容的葉月，今天也十分美麗動人。

乍看之下，她給人開朗多話的印象；但仔細觀察的話，就能發現她的一舉一動都極為高雅。在宴會舉辦日之前，蛻變成更接近葉月的存在——美世完全無法想像這樣的自己。

正當美世感到心情愈來愈沉重的時候，葉月有些擔心地表示：

「不要露出這麼不安的表情嘛。在我看來，妳現在的言行舉止就已經很迷人了喲。」

「是……這樣嗎？」

「是呀。美世妹妹，妳小時候有學過一些相關課程吧？我想，應該是最基本的禮儀教養，已經深植在妳的腦海之中了。」

的確。在齋森家時，美世雖然被當成傭人對待，但為了避免做出有辱齋森家門面的行為，她一直很注意自己的言行舉止。幼時所學習到的知識也幫上一點忙，不過——想到那段苦澀的日子，現在能夠像這樣成為自己的養分，美世不禁覺得想哭。

「總之，以宴會為目標的話，就先把茶道和插花擱置吧。至於做家事這方面，清霞也說不需要再特別教妳……要優先學習的，大概是禮儀跟談吐了吧。」

接著，葉月表示「讓我找一下喲」，然後將手伸向自己昨天帶來的教科書小山。

不同於方才高雅的一舉一動，她現在的動作看起來莫名帶點稚氣，讓美世的眼淚縮了回去。

「那、那個，葉、葉月大人……」

聽到美世脫口而出的呼喚聲，葉月瞬間停下手邊的動作，圓瞪著雙眼轉頭望向她。

「妳剛才說什麼？」

「咦？」

難道自己剛才說了什麼奇怪的話嗎？

看到美世不解的反應，葉月輕輕以手掩著嘴提示：

「妳叫我的方式呀。」

「啊，呃，我稱呼您……葉月大人……」

「不可以！」

葉月語氣略為強硬地否定，讓美世的肩頭猛地一顫。

「啊，對不起……我突然這樣大喊。」

「不……不會。」

葉月嘆了一口氣，咕噥著表示「我就是這樣呢，真傷腦筋」。

突然被她以強硬的語氣否定，讓美世稍微回想起往事，恐懼也跟著湧現。

從葉月至今為止的言行看來，清霞應該已經告訴她，在來到這個家之前，美世在娘家遭受了什麼樣的對待。

然而，美世反而覺得這讓葉月過分顧慮自己，因此感到相當內疚。

葉月再次輕聲向美世說了一聲「對不起喲」，然後重新轉換心情，拾起美世的手朝她微笑。

「那個啊，美世妹妹，可以的話，我希望妳能叫我姊姊呢。」

「呃……咦？」

這個唐突的提議，讓美世愣在原地。

「我一直都很想要一個像妳這麼可愛的妹妹呢。但現實生活中，我就只有清霞這個弟弟，再加上他又是那種個性，一點都不可愛呀，真討厭。」

「那個……」

「美世妹妹，妳不但很可愛、又是個好孩子，簡直完美到沒話說呢。我一直覺得清霞是個既不可愛、頭腦又很頑固的笨蛋弟弟，但他做出跟妳締結婚約的選擇，倒是值得稱讚一下。」

「噢……」

葉月愈說愈激動，雙眼也變得閃閃發光，美世完全找不到時機開口。

「我想跟妳變得更要好呢，因為，我們之後就會成為一家人了呀。妳可以盡情跟我撒嬌、或是依賴我喲。清霞雖然態度很冷淡、不愛說話、常常讓人猜不透他在想什麼，不過，他的想法一定也跟我一樣。」

「……一家人。」

「沒錯。所以，不需要這麼拘謹喲。妳如果能放輕鬆叫我姊姊，我會很開心的。不過，沒辦法的話，我當然也不會勉強妳。」

「姊姊……？」

姊姊。

這樣呼喚葉月的話，她想必會露出像個孩子般天真無邪的開心笑容吧……然而——

『姊姊。』

每當聽到那個人這麼稱呼自己，美世總是會變得全身僵硬。她害怕被那個人這樣呼喚。

儘管那個人已經不在了，但美世還是無法避免自己聯想到她，聯想到自己的家人、自己唯一的妹妹。

在眼皮內側閃過的她的身影，讓美世對這樣的稱呼猶豫起來。

「那個，我可以稱呼您……葉月小姐嗎？」

美世這麼詢問後，葉月笑著回應「可以呀」。

善解人意的她，完全沒有表現出失望的反應，這讓美世感到相當開心。

◇◇◇

聳立在帝都某個角落的對異特務小隊值勤所。

站在率領整支小隊的立場上的清霞，這天也待在辦公室裡埋頭處理文件。

「隊長～」

「幹嘛？」

身為清霞左右手的下屬五道，從入口處探進一顆頭這麼呼喚。聽到他的聲音，一雙眼睛仍緊盯著文件的清霞開口回應。

「少將大駕光臨了。」

「好早啊。」

聽到訪客比約好的時間更早現身，清霞不禁皺眉。然而，對方可說是他的直屬上司，同時也是一位相當忙碌的人物，他也不好埋怨什麼。

清霞快步趕往會客室。

「抱歉我來晚了，大海渡少將閣下。」

「不，是我來得太早。不好意思啊，清霞，打斷你的工作。」

「不會。」

一名身穿軍裝、給人不拘小節印象的壯漢，坐在會客室的沙發上朝清霞露出苦笑。

大海渡征——隸屬於帝國陸軍參謀本部的軍官，軍階為少將。在元老級將領居多的陸軍參謀本部，四十歲的他可說是很年輕的成員。不過，身為軍人輩出的大海渡家的繼承人，他的未來相當被看好。

此外，在帝國軍內部經常被視為異端的這支對異特務小隊，依照體制，也是在他的管轄之下。

「在出發前往宮城之前，我有一件事必須告訴你。」

「是什麼事？」

看到在對面沙發上坐下的清霞這麼問，大海渡以一臉奇妙的表情簡短回答：

「掘墳者出現了。」

「掘墳者？」

「嗯。」

除了皺眉以外，清霞實在想不到自己還能做出什麼反應。

「這應該是警察的工作吧？」

基本上，俗稱幽靈的那種東西，也是對異特務小隊負責處理的對象之一。

然而，倘若案發現場是墳場，犯人通常不會是清霞等人得出面應付的惡靈。因為有墳墓，就代表亡者有好好被祭拜。就算墳墓稍微被人挖開，也很少引發重大問題。不過，畢竟凡事都有例外，所以還是得好好問清楚才行。

「這我也明白，目前還沒有發生什麼問題，但……」

大海渡的發言莫名含糊，看來，他本人似乎也為這件事感到困惑不已。

「聽說好像是位於郊區的『禁區』遭到入侵了。」

「什麼？」

聽到這個令人難以置信的消息，清霞不禁語塞了片刻。

大海渡所說的禁區，位於人跡罕至的偏僻郊區，且一如字面上的意思，是一個嚴格禁止進入的區域。那裡乍看之下是一座普通的森林，但實際上隸屬於宮內省的管轄範圍——也就是說，那座森林裡頭暗藏著大量和歷代天皇或皇族相關、不能對外部公開的機密。

說到位於那座森林裡頭的墳墓——

「難道……」

「嗯，就是你想的那樣，『奧津城』被人挖開了。」

「！」

清霞瞬間止住呼吸。

位於禁區內部的墳墓，就只有被喚作奧津城的那個地方。

用一句話來說明的話，奧津城就是「異能者的墳墓」。

異能者或擁有見鬼之才的人，都具備相當強大的靈力。因此在死後，他們的靈魂也會比凡人的靈魂來得更強大，透過一般的祭祀方式經常無法讓他們順利成佛。

奧津城便是封印著這些異能者的魂魄的地方。

要是那裡被人挖開了——

（有不少異能者都是在戰鬥中懷著憎恨或痛苦的情感而不幸死去，要是他們的亡靈復甦、重獲自由，對一般老百姓伸出毒手的可能性就很高。）

清霞以手抵著下顎陷入沉思。

亡靈沒有理性可言，一旦被解放的亡靈離開禁區，不知道會造成多麼嚴重的災情。

（宮內省應該也會想些對策才是，不過……）

將離開禁區、在外頭遊蕩的亡魂帶回奧津城，再次施法將祂們封印起來，恐怕並不是那麼簡單的事情。勢必得花上好一段時間，才能夠徹底解決這個問題。

不管怎麼說，這絕對是一件不得了的大事。

「現況如何？封印被破解到什麼程度了呢？」

「宮內省似乎有派遣術士去修補封印，只是，我們這邊能取得的情報並不多。就算詢問宮內省那邊，該說他們的態度總是三緘其口、或是避重就輕呢……老實說，我也很傷腦筋啊。」

大海渡以嚴肅的表情嘆了一口氣，清霞也不禁想跟著一起嘆氣。

「總之，宮內省不肯把事情講明白，恐怕就代表他們沒能把奧津城所有的封印都修補好吧。要是老百姓因此遭殃就不好了，我們這邊也會提高警戒。」

「嗯，拜託你了。」

儘管宮內省的對應令人不滿，但也沒其他辦法了。現在，清霞等人只能暗自祈禱，在傳出一般民眾傷亡的消息前，對方能先正式提出請對異特務小隊協助處理的要求。

結束這個令人頭痛的話題後，大海渡從沙發上起身。

「那麼，你能馬上動身嗎？我打算現在直接前往宮城。」

「是的，沒問題。」

一如當初的預定，清霞離開值勤所，和大海渡一起坐上由他的下屬駕駛的轎車。接下來，他們倆將一同前往天皇居住的宮城。

即使是乘車移動的這段時間，兩人也不乏聊天的話題。

平常，大海渡和清霞只會聊公事。不過，這兩人於公於私都有交情，真要說的話，感情也還算不錯。再加上彼此都是大忙人，鮮少有機會見面，因此話題可說是多到聊都聊不完。

「清霞，聽說你訂婚了？後續發展如何？」

面對這個完全可以料想到的問題，清霞以「沒有什麼特別值得一提的」含糊帶過。

看到他一臉淡漠的反應，大海渡毫不在意地繼續說：

「過去推掉好幾門婚事的你，竟然會做出這樣的決定，就代表你跟對方很合得來吧？」

「我並沒有排斥結婚這件事。」

身為久堂家當家，不結婚這個選項是不存在的，但清霞也不討厭這樣的命運安排。他只是一直沒遇上適合的對象而已。

從這方面來看的話，他跟美世或許可以說是很合得來。

「不過，這門婚事先前好像也引發了不少問題嘛？儘管如此，你還是堅持選擇那位女性，我覺得這應該就是陷進去嘍。」

「會發生那些事，並不是她的錯。」

「那些說你討厭女人的傳聞，看來是大錯特錯了。」

「隨您怎麼說吧。」

清霞冷淡的回應，反而讓大海渡震動喉頭發出笑聲。

關於齋森家的家屋全數燒成灰燼的那件事，相關的前後始末，想當然也傳進了大海渡的耳裡。

感到幾分侷促的清霞輕輕吐出一口氣，有些強硬地換了個話題。

「辰石已經抵達現場了嗎？」

「嗯，他的工作態度意外認真啊。」

「這也是理所當然的，畢竟辰石家可不能再繼續失去天皇的信賴。」

要是他不認真工作，可就令人困擾了——雖然這才是清霞的真心話。

基於自身所犯下的罪行，辰石實被迫卸下辰石家當家的地位，改由他的長子一志繼任。

然而，名為一志的這個男子，是個葫蘆裡不知道在賣什麼藥的人物。對於他究竟能否讓信譽一敗塗地的辰石家重新振作起來，清霞和大海渡原本其實都不看好。不過，一志似乎意外順利地盡到身為繼承人的職責。繼承相關的繁雜手續，他全都俐落地辦理完畢；遇上軍方或警察要求協助調查的時候，他也相當配合。

今天，清霞和大海渡前往宮城執行的任務，有一半由一志負責。三人之後預定會在現場會合。

載著清霞和大海渡的轎車，在道路上奔馳了一小段時間後，穿過這個國家最高貴的一族所居住的城堡的大門。

寬廣的腹地內設置了數道渠溝，鬱蓊的葉櫻和松樹，並排在窄小的石子路旁。這裡頭有好幾棟宮殿，每棟宮殿都有不同的族人居住。而清霞和大海渡即將造訪的，是位於腹地內正中央、規模最大的那棟宮殿。

從橫停在玄關外頭的轎車上走下來的兩人，踏著習以為常的腳步走進室內。

「兩位的同伴已在這裡等候您們。」

負責帶路的傭人拉開拉門後，已經先行抵達的辰石一志的身影出現在裡頭。

「午安，久堂先生、大海渡先生。」

穿著一身華麗高調的和服、看起來像個輕浮紈褲子弟的青年，看到清霞等人現身後，嘻皮笑臉地向他們打招呼。

「辰石，你打算以這身打扮去謁見皇子嗎？」

覺得頭開始痛起來的清霞，忍不住按住自己的太陽穴。

很遺憾的，因為辰石家被納入久堂家的麾下，所以監督一志的責任便落在清霞肩上。這種情況下，他實在無法不數落對方幾句。

「因為我不是軍人啊。再說，我聽說異能者都是這樣的嘛。」

坦然地這麼回答的一志，態度看不出一絲愧疚。

但他說的確實也是事實，除了必須效忠於天皇之外，異能者並沒有其他非遵守不可的規範。因此，在這個時代，針對未加入軍隊的異能者，在穿著打扮方面並沒有太繁瑣的規定，就算不穿著正裝也不會受到譴責。

這是從維新運動之前的久遠年代傳承下來的習慣，也是「異能者在這個國家裡，是格外特別的存在」最好的證明。

不過，清霞還是希望他多少能遵守最基本的禮儀。大紅色和亮黃色的衣著，看起來實在很刺眼。

「真要說的話，這就像是我的正裝一樣呢。久堂先生，拜託你不要這麼正經八百的嘛。」

「下不為例，下次再讓我看到你這副德性，我會馬上抽刀砍殺你。」

看到大海渡對自己投以像是在說「你也真辛苦啊」的視線，清霞開始覺得想打道回府了。

雖然起了小口角，但順利和一志會合後，清霞等人終於要和相約會面的人物見面了。

現場的氣氛嚴謹肅穆得有些誇張，但清霞和大海渡早已習慣了。

來到宮殿最深處，可以看到一扇做工精細而奢華的拉門。這扇拉門後方，便是居住在此的地位崇高之人專用的謁見廳。

「失禮了。大海渡、久堂、辰石叩見。」

『——進來。』

三人之中的代表大海渡這麼開口後，裡頭隨即傳來回應的人聲。

「許久未見了，堯人大人。」

進入房間後，那名人物坐在凹間的前方，正對著三人。

他有著宛如陶瓷般白皙的膚色，以及鮮紅的唇瓣。一雙細長的眼睛，看不出任何情緒起伏。明明應該是年齡和清霞相仿的一名男性，但看在不同人眼中，他可以是少年、也可以是少女的這副超凡脫俗的樣貌，自然而然醞釀出一股讓他人戒慎恐懼的氣勢。

他沒有姓氏，只有堯人這個名字。

這樣的他——是天皇之子的其中一人，也就是這個國家的皇子。真要說的話，他還是下一屆皇位繼承人最有力的人選。

「來得好，征、清霞——還有辰石的新當家。」

清霞一行人必恭必敬地朝堯人深深鞠躬致敬。就連一志也變得很收斂。

堯人靠在椅子的扶手上，嘴角泛著淡淡的笑意。

「抬起頭來，汝等三人。放輕鬆些。」

「是。失禮了。」

在大海渡這麼回應後，清霞和一志跟著抬起頭，端正自己的坐姿。雖然對方要自己放輕鬆，但在場者之中，可沒有人會傻到真的就這樣鬆懈下來。不過，原本緊繃的空氣確實變得和緩了一些。

以眼神向大海渡示意後，清霞和他交換了位置。

今天，三人主要是為了異能相關的問題、亦即清霞的管轄範圍而造訪此地。大海渡雖然是清霞的上司，但並不是異能者，所以現在只是形式上陪同在場罷了。

輕輕垂下頭後，清霞開口：

「堯人大人，屬下想先讓他向您請安。」

「好。說來聽聽。」

在這樣的催促下，一志稍微往前移動，恭敬地垂下頭開口：

「敝人是繼任辰石家當家的辰石一志。前些日子，前任當家罔顧上天賦予自身異能的恩賜，犯下重罪。儘管如此，您仍允許敝人像這樣叩見您的跟前。請容敝人在此由衷表達最深的感謝。」

「別在意。汝想必也吃了不少苦頭吧。」

「是，叩謝大人關心。今後，辰石家將成為久堂家的助力，敝人亦會竭盡一己之力，努力讓辰石家重拾名聲和信譽。」

「吾在此代替天皇赦免辰石家，汝可要牢記自身說過的話，勤勉不懈。」

一志以「敝人明白」回應後，再次向堯人深深叩首。

天皇是異能者們唯一必須完全服從的對象。因此，即使依據一般社會的法律規定，完成了贖罪的任務，倘若沒能得到天皇的赦免，便沒有存在意義。

此刻，辰石家再次獲得了為天皇效力的資格。

「清霞，汝也辛苦了。齋森家那件事，著實令人遺憾。」

儘管勢力逐年衰敗，但這個國家仍失去了名為齋森家的異能者家系。這樣的結果，無論是對天皇、或是對帝國來說，都是莫大的損失。甚至嚴重到原本應該要徹底究責的程度。

這次，基於無人喪命、而身為當事人的齋森家成員也已經受到處罰，所以整件事才沒有繼續被追究下去。就只是這樣罷了。

清霞憂鬱地垂下眼簾。

「是屬下能力不足，非常抱歉。」

「無妨。畢竟這是早已註定的命運。」

氣。

堯人笑道，同時霸氣地點點頭。清霞也終於放鬆原本緊繃的雙肩，重重吐出一口氣。

身為皇子和異能者之首的這兩人，打從年幼時便互相認識。若是撇開身分地位或傳統規矩，這兩人的關係原本應該會更緊密。

「感謝您的寬容——堯人大人，屬下耳聞您最近接收到天啟……」

「嗯，汝等也已經聽聞奧津城的封印遭人破解一事吧？」

原來是這件事嗎——清霞皺眉。

所謂的天啟，是只有每一代天皇的直系子孫能夠繼承的一種異能。

據說，有災厄即將降臨於帝國的時候，上天會早一步提醒承襲這種異能之人。

——也就是預測未來的能力。

基於這樣的能力，歷代天皇總能提前察覺到帝國的危機，並為了及時迴避災厄、或是將被損害傷亡控制在最低的程度，而煞費苦心。

實際上，無人知曉神諭是否真正存在，但異能者的任務之一，便是遵從天啟和異形戰鬥。從過去到現在，的確有過這樣的一段歷史。

堯人是現今天皇的次男，但因為長男未能承襲天啟的異能，下一屆天皇的寶座，幾乎已經可以確定由堯人繼任。由此可見天啟這項能力是多麼受到重視。

順帶一提，這陣子天皇的健康狀況似乎不甚理想，因此由堯人代替他驅使天啟的能力，然後對清霞等人下達指令。

「汝等務必提防……日後將會掀起一場戰役。若是有個閃失，恐會有人因此殞命。」

清霞吃了一驚，將堯人的這番話謹記在心

戰爭原本便是危險常駐左右的一件事。然而，堯人像這樣刻意將清霞等人找來，再直接給予他們忠告，是極為罕見的事情。事態恐怕相當嚴重。

「您說殞命……是誰會……？」

「這個嘛，吾尚未正式承襲天皇的地位，因此力量也還不甚穩定，無法看得太清楚。」

「屬下明白了。總之，可以確定這件事伴隨相當大的危險性吧？」

「嗯。」

看來，有必要慎重行事了。

倘若連清霞等人都有危險，對這件事一無所知的無辜民眾，可能面臨的危險就更大。

在一旁傾聽兩人對話的大海渡和一志，也不由得緊張到忘了呼吸。

「倘若吾日後再次預見未來的光景，會再通知汝等。」

「是。勞煩您了。」

「——噢，還有，清霞。」

原本以為會面至此結束，沒想到堯人開口喚住了清霞。

「大人有何吩咐？」

「聽說汝終於訂婚了，是嗎？」

又是這件事——清霞不禁感到有些沒好氣。包含大海渡在內，最近，只要一遇到熟人，對方必定會搬出這個話題。

一直聊相同的話題，實在讓他生厭。

然而，堯人似乎並不是為了調侃清霞，才刻意提起這個話題。

「汝的未婚妻……嗯，之後應該會遇到各種勞心勞力的事情吧。」

「勞心勞力？」

「但有汝相伴，大概不會有問題吧。」

堯人以樂在其中的語氣這麼表示，還「呵呵」笑了幾聲。

「這也是您的天啟嗎？」

面對清霞這個問題，能夠預知未來的皇子並沒有回答。

經過長年以來的交流相處，清霞也明白堯人並不會鉅細靡遺地說明一切。

「屬下會銘記在心。」

就這樣，清霞一行人結束和堯人的會面時間後，便思索著各自今後的行動計畫而離開宮殿。

第二章　淺褐髮色的他

基本上每隔一天來訪一次的葉月，對美世的指導可算是相當嚴苛。

「沒錯，不要駝背。試著時時刻刻都留意，不要讓自己的身子縮起來。」

美世遵照她的建議挺直背脊，挺胸，同時將雙肩微微往後。為了養成習慣，她在家裡的走廊上也練習以這樣的姿勢走路。

美世總是忍不住垂著頭，因此視線也會跟著往下移。這麼做的話，自然會變成有些駝背的姿勢，進而讓她整個人散發出陰沉的氛圍。

「宴會是人與人交流的地方，在交流的時候，如果給人陰沉的印象就不太好了呢。首先，妳必須從感覺缺乏自信的一舉一動開始改善。」

「是。」

美世委託葉月替她準備的全身鏡，已經搬進她的個人房裡。

葉月要求她有空的時候，就站在全身鏡前方審視自己的姿勢，確認自己舉手投足的動作，是否有符合葉月指導的標準。

在某次的指導中——

「跟別人說話的時候，如果對方提到自己不了解的話題，面帶笑容附和他的話就好。尤其遇到喜歡聊天的公子時，更要記得這麼做。因為這種人多半只是希望有人聽他說話，並不會在意對方是誰……笑的時候，讓嘴角上揚、眼角下垂，程度大概像淡淡的微笑就可以了。」

「像這樣嗎？」

美世試著依照葉月的指示露出笑容，但馬上被後者以「妳笑得太僵硬了喲」駁回。

「妳回想一下自己實際露出笑容時的感覺吧，如果不笑得更自然一點，有可能反而影響到交談對象的心情呢。」

「是。」

又有一次的指導內容是這樣的——

平常使用的那張圓形茶几上，現在擺放著西餐用的盤子、刀叉、湯匙和玻璃杯等餐具。

「之後要參加的那場宴會，會準備輕食招待來場的賓客。妳要記好最基本的餐具使用方式喲。」

隨後，葉月隨即細細地指示、提醒美世的每一個動作。

用餐時，要避免餐具互相碰撞而發出聲響，用玻璃杯喝飲料時，要注意不要讓杯子因為內容物的重量而傾倒。

「當天，妳記得不要喝酒喲。不習慣酒精的話，可能會因此出糗。」

「是。」

美世頻頻點頭，將葉月的教誨一一烙印在腦中。

除此之外，葉月又教了美世許許多多的東西。

打招呼的簡單外語、被糾纏時的應對方式、自我介紹的方式、以及與人交談時必須遵守的要訣等等。這些雖然都只是小技巧，但要一口氣記住，對美世而言仍是相當耗費心力的事情。

為了避免自己忘記，美世將葉月指導的內容抄寫在筆記本上，一有空就翻開來複習，在腦中不斷反覆演練。

雖說她的時間很有限，但就算家中有由里江來幫忙，美世也不能就這樣拋下家務不管。

白天，她會一邊做家事、一邊自主學習；在葉月來訪的日子，就接受她嚴格的指導；至於預習和複習，基本上都是在晚上進行。

再加上惡夢的影響，美世的睡眠時間無可避免地再次縮減。

「美世妹妹？」

「啊，是、是……」

葉月的呼喚，讓美世猛然回過神來。

八月初的這天，美世和葉月、由里江一起來到市區。

此行原本的目的，是要看看美世是否能把自身所學的技巧，活用在自家以外的場所，也就是實習訓練。但葉月表示，這麼做一方面也能讓她轉換心情。

在搭乘轎車移動的時間，美世原本想在腦中複習葉月的指導內容，但卻不自覺地發起呆來。

「妳沒事吧？總覺得妳的氣色看起來不太好呢。」

「是……啊，不……我沒事。」

美世試著讓蒙上一層霧氣的腦袋運作，好不容易才擠出這句回應。

她每晚作惡夢的問題持續惡化，彷彿只要美世愈努力學習，夢境就會變得愈發駭人。

『事到如今，妳不管學什麼都沒用的。』

『虛有其表的淑女，不可能獲得大家的認同。』

在她的夢中，大家總是異口同聲地這麼說。父親、繼母、香耶——有時甚至連由里江、葉月、清霞都轉過身放棄她。無論美世如何否定、含淚懇求、或甚至是放聲大哭也一樣。

老實說，醒過來時感受到的絕望，可不是「難以忍受」這幾個字能形容的程度。那足以讓美世覺得自己的一切都毫無意義可言、覺得說不定自我了斷性命的話還更輕鬆一些。

（可是，這些都不是白費力氣，一定是我也能做到的事情。）

每當被惡夢裡的登場人物否定，為了推翻他們的批判，美世總會更勤勉向學。就算在這之後會再次被惡夢折磨，她也無法停下來。

「美世妹妹，這種話從我口中說出來，或許有點奇怪，但把自己逼得太緊，並不是好事呢。現在就算焦急，也無濟於事。妳確實有在成長喲，所以，不要努力過頭了。」

「是。」

「我也很擔心您呢，美世大人，您最近三餐都吃得很少，這樣對身體不好喔。」

「對不起。」

被兩人這樣接二連三叮嚀後，美世不禁垂下頭來。

自己的身體不斷地發出抗議、以及每天都為惡夢所苦，並不是正常的現象。關於這些，美世其實也有自覺。

但同時，她更明白自己是個做什麼事都不得要領的人。距離宴會，只剩下短短一個半月的時間了，如果不卯足全力，她恐怕就連表面功夫都做不到。

夏天的帝都，火辣辣的陽光落在人工鋪設好的路面上，炎熱得幾乎足以把人烤熟。路邊設置著許多冰品、彈珠汽水等沁心涼產品的廣告旗幟。行人們有些身穿白色或淺色系的西式服裝，有些則是換上質地輕薄的和服，穿著打扮看起來格外搶眼。也有不少人躲在建築物的陰影處小憩。

轎車在離市區有一小段距離的地方停下，走下車之後，悶熱的空氣瞬間迎面襲來。坐在車裡的時候把車窗打開，會覺得吹進來的風清爽宜人；然而，一旦下車，卻又是另外一回事了。陽傘和扇子，感覺會變成不可或缺的隨身用品。

三人下車後，司機表示晚點會再過來接她們，隨後便駕車離去。

「好啦，今天就把外出時間縮短一些，提早回家吧。」

「那個，葉月小姐，我真的沒事……」

美世試著委婉表示自己不想浪費這個難得的機會，卻立刻被葉月一口回絕。

「不行～氣色這麼糟糕的人，還說什麼傻話呀。今天回家後，妳可得好好休息才行喲。知道了嗎？」

「我明白了。」

聽到葉月以強硬的語氣這麼吩咐，美世只好不情願地答應。

三人開始一起在市街上隨意閒逛。

「閒逛」一詞聽起來似乎很輕鬆愜意，但實際上完全不是這樣。美世必須專注在自己踏出去的每一個步伐上，讓自己維持美麗的姿勢行走。

另外，她們偶爾也會造訪路旁的店家，以不會造成店員困擾的程度，和對方打個招呼、或是詢問一些簡單的問題。這是面帶笑容和他人對話的練習。

「嗯，我覺得很不錯喲，妳做得非常好。」

逛了片刻後，一行人決定找一間店坐下來休息。途中，聽到葉月給予自己的評價，美世終於鬆了一口氣。

「謝謝您。」

「可是，妳現在應該很勉強自己吧？如同我剛才所說的，不可以太心急喲。要是到了關鍵的宴會當天，妳的健康狀況卻出問題，就得不償失了。」

美世很明白葉月的這番話再正確不過。

不知道是不是因為天氣炎熱，從剛才開始，她的腦中就一片渾沌，思路也亂成一團，讓她無法好好開口應答。

汗水沿著她的太陽穴流淌下來。

「總覺得，不管再怎麼努力，我還是沒辦法對自己有自……信……？」

得說些什麼才行。

將自己的想法脫口而出的瞬間，美世突然覺得眼前一片發黑。

「美世妹妹？」

葉月疑惑的嗓音傳來。明明聽得見，感覺卻好遙遠。

不知為何，美世感覺自己的雙腳搖搖晃晃地失去平衡。她沒辦法好好站著。

（啊……）

意識到自己將要跌倒在地的她，不由得緊緊閉上雙眼。

「哎呀。」

然而，她傾斜的身子撞上某個偏硬的物體，一個年輕男子的嗓音跟著從身後傳來。

被一股清爽的香水氣味籠罩的美世，察覺到有人攙扶住自己差點倒地的身軀，不禁一瞬間嚇得背脊發冷。

「非……非常抱歉！」

她連忙抬起自己的身體，在還沒來得及看清對方長相的情況下，就先朝他深深一鞠躬。

（因為我一直發呆，甚至還給不認識的人添麻煩了！）

美世的心臟狂跳個不停，她使勁按住感覺要開始發抖的指尖，再次以「非常抱歉」向對方賠罪。

「啊啊，請妳抬起頭來吧。」

對方的嗓音聽起來有些著急。明白這個人並沒有因為自己的失態而動怒後，美世鬆了一口氣，緩緩抬起頭。

站在她眼前的，是跟嗓音給人的印象相符的一名年輕男子。

他的個子不算太高，但身型清瘦，微捲的一頭淺褐色短髮梳理得十分整齊。從一襲白襯衫、加上領帶和背心的打扮看來，或許是某間公司或機構的職員吧。有著親切面容的他，現在臉上浮現了困擾的笑容。

「我沒事的。比起這個，妳看起來沒有受傷，真是太好了。」

「不，都是我太不小心了。真的非常抱歉。」

「也請讓我道謝吧。」

說著，葉月從美世身旁往前方踏出一步，以優雅至極的動作朝男子一鞠躬。

「十分感謝您方才出手幫助她。倘若不是您剛好經過，現在不知道會是什麼樣的結果呢。」

「不不不，妳們說得太誇張了。沒有任何人受到影響，所以不用這麼在意也沒關係的。」

看到葉月謙卑地向自己道謝，男子並沒有因此手足無措，而是以毫不遜色的端正禮節回應。

「不過，這樣確實挺危險呢。要是真的受傷就不好了，還請妳下次多注意嘍。」

「是，謝謝您。」

「那麼，我就先告辭了。」

朝兩人輕輕點頭致意後，這名親切的青年便離開現場。

在美世懷抱著感謝和歉意目送他的背影離開時，一旁的葉月輕聲開口。

「他是什麼人呢？」

「咦？」

「噢，因為他穿著一身剪裁俐落的服裝，一舉一動也給人很習慣這種場面的感覺。雖然不是我認識的人，但會不會是哪個名門家系的子弟呢……哎呀，比起這個！美世妹妹，妳沒事吧？有沒有哪裡會痛、或是覺得不舒服？」

「我、我現在很好……」

葉月散發出優雅高尚的氣質的時候、以及表現得像個天真無邪的孩子的時候，落差總是相當大。而此刻的她，這點依舊一如往常。

雖說已經差不多習慣了，但她如此突兀又徹底的切換，仍讓美世看傻了眼，只能點頭如搗蒜地回應。

「真是的，嚇了我一跳呢。都是我害的，沒有考慮妳的身體情況，在這麼熱的天氣把妳拖出來到處逛……」

「不、不是的！我只是不小心絆到腳而已。」

「可是……」

剛才那種情況，要說是絆到腳，實在太過牽強。

然而，美世不想承認自己已經虛弱到差點昏倒的程度。今天跟葉月的外出實習，也才進行到一半。要是在這種地方休息過久，就太浪費時間了。

儘管美世以堅定的態度這麼宣言，但葉月仍對她投以擔心和懷疑交雜的視線。

沉默籠罩了這樣的兩人片刻。

「美世大人、葉月大人。」

在街頭綿延不絕的喧囂聲之中，從來不曾聽過的、冷靜到彷彿不帶半點感情的由里江的嗓音傳來。

「我有話想跟兩位說，您們當然願意聽，對吧？」

無法完全隱藏住的怒意，從她和平常一樣柔和的語氣之中透露出來。

這個瞬間，美世和葉月都做好了乖乖聽她說教的覺悟。

◇◇◇

「初次見面，久堂少校。我叫做鶴木新。」

宮內省透過大海渡，派遣一名男子到清霞身邊。

在會客室裡見面時，男子帶著親切友好的笑容這麼自我介紹。清霞以不至於失禮的眼神一邊觀察他，一邊在內心盤算著。

鶴木新，今年二十四歲。

鶴木家是一個經營中規模貿易公司的家系，在維新運動後成立的貿易公司「鶴木貿易」，在二十年前曾一度因為業績低迷而面臨倒閉的危機。但在成功跨越這道難關後，目前營運狀況已經趨向穩定。這名男子就是貿易公司的少東，無論學歷或其他背景，都沒有可疑之處。

除了大海渡提供的基本資料以外，根據清霞事前另外進行的調查，新似乎不是宮內省的職員。至今，清霞仍不明白宮內省派遣他過來的原因。

實際見過面之後，清霞認為他給人的印象並不壞。

清秀的樣貌、再加上看起來很有親和力的笑容，讓人不會想到要提防他。微捲的淺褐色髮絲，搭配他身上的高級西裝，呈現出一種自然又完美的組合。

儘管如此，在他身上卻同時能感受到一種扭曲的、不協調的氛圍。

「我是久堂清霞，擔任這支對異特務小隊的隊長。」

「我早有耳聞，因為你在社交界也相當有名……據說是拒女性於千里之外，宛如極地凍土那樣冰冷的一位人物呢。」

聽到新有些失禮的發言，清霞沉默地瞇起雙眼。

這句話，是膚淺的挑釁、別有意圖的試探、又或者其實沒有任何意思？從新臉上的和善笑容，清霞看不出半點端倪。

「閒話家常就免了，我只想打聽跟奧津城相關的情報。」

「噢，說得也是。真是抱歉。」

以感覺不出一絲愧疚的態度道歉後，新隨即以一句「那麼……」切入正題。

「約莫在兩個星期前的深夜，不知道什麼人破解了奧津城的封印。這段期間以來，宮內省都希望能加快腳步回收逃竄至外界的亡魂、同時鎖定犯人。然而，目前仍只回收了約七成的亡魂，犯人的身分也尚未查明。」

「宮內省為什麼突然想跟我們說明這起事件？他們原本應該百般不願意這麼做吧？」

「隸屬於宮內省的術士人數相當少，聽到回收率只有七成，你應該也能明白他們已經陷入人手不足的窘境。現在，宮內省的高階人士終於也明白了這一點。只是因為這樣罷了。」

這還真是悠哉。

人手不足的事實，宮內省應該打從一開始就很清楚才對。畢竟，未能成佛的異能者的靈魂，幾乎全數聚集、沉眠於奧津城內部。就算不是所有亡魂都逃出禁區，數量也足夠龐大。

現在，就算心懷怨念的亡魂大舉入侵人們居住的區域，造成嚴重被害，恐怕也不足為奇。

「意思是，宮內省終於放棄機密處理的做法，打算找我們協助？」

「是的，你這麼解讀也無妨。」

以「原來如此」回應後，清霞對新拋出另一個在意的疑問。

「我明白了。這是個攸關人民性命安危的問題，我們會予以協助。不過，這麼問或許有幾分失禮，但我想知道你是基於什麼樣的原因而被派遣過來？你應該不是宮內省的職員吧？」

不用說，新當然也不是軍方相關人士。而且，清霞也沒聽說鶴木家是異能者家系、或是新本人是異能者的情報。

只有這點，讓他一直想不透。

雖然明白新的出身背景，但如果不能確認他的立場為何，清霞便無法信任他。

聽到清霞的疑問，新露出苦笑表示「我有料到你會這麼問」。

「不過，只要不是傻子，想當然都會在意這一點吧……我是所謂的協商者，平常在老家的貿易公司負責談判交涉的業務，不過，偶爾也會接受熟人的委託，協助進行這方面的工作。算是幫委託人說出他們難以啟齒的想法的代言人吧。」

「不過，感覺你對奧津城和異能者也很熟悉啊。」

「這就是談判話術的一種了。無論是說大話或是裝懂，重點在於如何讓對方認為你精通這方面的情報。若是讓談判對象覺得你很無知，且因此而被輕視，就沒戲唱了。」

「原來如此。」

看到清霞點頭表示同意，新再次露出笑容。

「調查對方，算是基礎之中的基礎呢。關於你的情報，我也略知一二喔，久堂少校。例如你最近締結婚約一事。不過，就算不刻意調查，這也是已經傳開來的消息就是了。」

「我想也是。」

即使是鮮少參加宴會的清霞，大概也能想像出這樣的事態。

「實在是令人羨慕呢。我也很想早日找一個理想的結婚對象，趕快穩定下來，但一直都事與願違……結婚真是一件困難的事情啊。」

在短短的一瞬間，新的眼神變得犀利無比。

儘管只是表面閒聊的話題，但他的語氣聽來彷彿帶著刺。雖不至於是敵意……但在清霞感覺到他對自己表露出宛如反抗心的情緒時，新又總會在下個瞬間恢復成原本那人畜無害的笑容。

雖然覺得不解，但清霞明白，就掌握的情報量而言，自己站在較為不利的處境上，因此他沒再多說什麼，刻意略過這個話題。

「總之，既然正式收到委託，我們也將參與這起事件的對應行動。宮內省是否有指定回收亡魂的方式？」

「執行回收行動時，會使用專用的施術道具。不過，因為在外遊蕩的亡魂之中，多數都懷有攻擊性的怨念，因此宮內省也允許各位依據當下的情況，驅使異能和這些亡魂戰鬥、甚至是消滅祂們。應該說，宮內省和天皇似乎比較傾向後者的做法呢。他們表示，讓難纏的靈體留下來的話，也只會導致類似這次的嚴重問題再次發生……詳細內容請你過目這邊的文件，命令書也在這裡。這是透過大海渡少將、來自軍方的正式命令。」

新從擱在一旁的公事包裡取出幾份文件。

既然目標是異能者的亡魂，其中當然也包含了可能是清霞祖先的靈體。話雖如此，執著於留在現世的死者，就只是棘手的存在罷了。因此，天皇會下令殲滅這些亡魂，也沒什麼好奇怪的。

畢竟，必須重視的並非死者，而是還活著的生者。

「我明白了。」

將並排在桌上的文件大致看過一遍後，清霞謹慎地收起它們。

「此外，我今後將繼續擔任雙方的聯絡人員，所以可能會頻繁來訪，還請你多多關照。」

「噢，知道了。這邊也請你多多指教。」

之後，兩人又交談了幾句話，新便準備離開。

自始至終，兩人會面的氣氛都很和平、也沒有發生任何問題。但在臨走前，新這麼開口。

「祝你武運昌隆，久堂少校——那麼，再會。」

這句話聽起來，果然還是帶著幾分不友善的感覺。

從會客室返回辦公室後，等著清霞的，是桌上堆積如山的文件。

（這實在讓人有些吃力啊。）

除了平日的業務以外，因為奧津城事件，隊員們每晚都輪流外出巡邏、或是四處打探情報。

畢竟不能把工作都丟給下屬，清霞也會盡可能親自出動，所以承受的負擔也不小。

更何況——

（還有薄刃家的問題。）

看著美世每晚因惡夢而備受煎熬的模樣，清霞很是心疼。而他的精神狀況也因此受到影響。

想為美世做點什麼——儘管這麼想，清霞卻完全不知道該從何下手。再加上美世本人什麼都沒說，因此他可說是陷入了束手無策的狀態。

然而，每當看到美世變得愈來愈虛弱、彷彿隨時都會消失不見的模樣，清霞內心總會湧現一陣焦慮。

他拾起堆放在桌上的其中一份資料，這是他私人委託情報販子對薄刃家進行調查的進度報告。

現在，清霞的目的在於和薄刃家接觸，他想知道的是薄刃家所在的位置。

基於這是無法透過四處打聽、或是從政府的紀錄查到的情報，他只能從人際關係的脈絡慢慢追查起。最後，清霞選擇委託情報販子調查美世生母薄刃澄美的生平經歷。

『這會花上一點時間喔。』

開口委託時，情報販子以有些為難的表情這麼回答。

「薄刃」這個姓氏之下隱藏的情報多到數不清，光是憑姓氏，恐怕無從查起。因此，清霞只好讓情報販子從女子學校裡的名冊中，從名為「澄美」的女性開始找起。

符合條件的人選一共有二十多名。

情報販子進行調查的方式，是先推斷出薄刃澄美就讀女子學校的時期，然後將目標範圍鎖定在帝都內的學校，把在那段期間就學、同時名為「澄美」的女性過濾出來，再針對她們的身家背景調查一番。交給清霞的這份報告裡，洋洋灑灑地列出了這些女性的資料。

遺憾的是，結果不甚理想。

以外觀特徵作為搜尋條件，實在不夠可靠。符合「黑髮」和「長相清秀」這種條件的女性多得不計其數。再說，沒有證據足以證明薄刃澄美過去住在帝都，甚至連她曾經念過女子學校一事，都無人能夠斷言。在這種情況下，想鎖定目標，是不可能的任務。

這時，剛剛才見過面的那名青年的臉，不經意地從清霞腦中閃過。

（「鶴木」？等等，我記得……）

察覺到某個事實後，清霞繼續翻閱這份報告。翻到想找的那一頁時，他不禁懷疑起自己的雙眼。

（果然是這樣嗎……）

這是偶然、亦或是一場刻意的安排？

雖然不知道是何者，但這個奇妙的關連性，看來有一探究竟的價值。

◇◇◇

自美世差點在市區暈倒那天以來，又過了幾天。

酷暑仍然持續著，而惡夢也持續讓美世的睡眠品質惡化。

（在那之後，葉月小姐就稍微縮短了我的學習時間……）

那天回家後，由里江對美世和葉月徹底說教了一番，要求她們更看重身體健康。因為這樣，葉月的指導比之前緩和了一些。

然而，美世因惡夢而失眠的夜晚依舊，不斷累積的疲勞，讓她的健康狀況每況愈下。這陣子，她感到意識朦朧的次數愈來愈頻繁，也總會不自覺地茫然發呆。

（這樣可不行，我等一下還得幫忙準備午餐呢。）

美世輕輕搖頭，將注意力集中在自己的雙手上。

這天，美世、由里江和葉月三名女性一起圍著餐桌共進午餐。

大家都熱得沒什麼食欲，所以這天的午餐選擇吃簡單的茶泡飯。

將早餐剩下的冷飯依照人數分裝至飯碗裡，再把弄成小塊的煎鮭魚放在白飯上，然後灑上一些芝麻。澆上以醬油和少許鹽巴調味的溫熱高湯，最後在碗裡灑上捏碎的海苔，就大功告成。加上一顆由里江親手做的梅乾後，美世將茶泡飯端上桌。

「哇啊！看起來好好吃！」

「不好意思，只準備這麼簡單的餐點。」

「妳完全不需要介意這種事喲。謝謝妳，美世妹妹。」

雖然很明顯是偷工減料的一餐，卻讓葉月開心得雙眼發亮。

「美世大人真的很擅長烹飪呢。」

「沒這回事的……」

聽到由里江過分的誇讚，美世有些坐立不安地搖搖頭。不過，一旁的葉月卻以「就是有這回事呀」幫腔。

「真的很厲害喲。這麼說有些難為情，但我不太會做菜呢。」

一起雙手合十說「我要開動了」之後，三人各自拾起自己的湯匙。

米飯充分吸收高湯，再和鮭魚碎一起送進口中後，恰到好處的熱度和鹹味跟著滲進五臟六腑。加上梅乾後，風味轉而帶點清爽的酸味，即使是讓人沒有食欲的夏天，也能毫無負擔地一口接一口。

「嗯～果然跟我想像的一樣美味呢。」

「有合您的口味，真是太好了。」

「看到美世大人這麼會做菜，由里江感到很自豪喲。」

「您……您太誇張了……」

只是把高湯澆在白飯上的一道餐點，這樣的讚譽實在太過頭了。

因為稱讚得太誇張，反而讓人忍不住懷疑對方是否另別有用意。雖然美世完全不覺得葉月和由里江會做這麼壞心眼的事情就是了。

葉月一邊細細品嘗茶泡飯的滋味，一邊這麼輕聲開口。

「我真的非常不擅長下廚。美世妹妹，對妳來說，這碗茶泡飯或許很簡單，但我卻完全做不來呢。」

「這樣呀？」

「是的。還在念女子學校的時候，我烹飪課的成績，甚至糟糕到會把其他科目的分數都拖垮的程度呢。」

這麼說來，確實有過這種事呢——一旁的由里江苦笑著這麼附和。

「煎東西的時候一定會燒焦，燉煮或汆燙的話，總會把食材煮得軟爛過頭。只是把食材混合在一起，也會弄得像一灘爛泥；只要拿起菜刀，就會在不知不覺中切到自己的手指……」

說著，葉月嘆了口氣問道「很難以置信對不對？」

聽到如此悲壯的失敗經驗，美世無言以對。

根據葉月的說法，在女子學校的課程中，家政相關的科目占絕大多數，而其中最受到重視的科目是裁縫課。所以，不擅長裁縫的學生，雖然不至於完全沒有，但人數相當稀少。

另一方面，烹飪課的話，每個人能力的起伏就很明顯了。

女子學校的學生，多半都出身於經濟狀況良好的家世，但富裕到能夠聘請傭人的家庭並不多。家裡有傭人的學生，就算學習了做家事的技巧，也沒什麼機會發揮，因此很難變得熟練。相反的，家裡沒有傭人的學生，平常都得幫忙做家事，所以相關技巧自然會愈來愈純熟。

而身為久堂家千金的葉月，似乎徹頭徹尾屬於前者。

「當然，也有例外就是了。我有聽說某位家系尊貴非凡的公主殿下，興趣就是下廚呢。」

「哦……好厲害呀。」

「就是呀。但是，會做家事當然是再好不過的。我也好幾次都後悔自己過去為什麼沒有好好練習呢。」

「後悔？」

「妳想聽我的故事嗎？」

看到美世不解的反應，葉月露出有些淘氣的笑容這麼問。

她所謂的故事，想必是關於自己那段失敗的婚姻吧。會走上離婚一途，想必是相當嚴重的事。無論是離婚前、或是離婚後，她肯定都吃足了苦頭。

這或許不是能基於好奇心而恣意探聽的事情。不過，難得人生的前輩就在眼前，所以美世還是想聽聽她的這段故事。

「我……可以聽嗎？」

「當然可以嘍。」

於是，雖然是有些意外的發展，但美世開始傾聽葉月訴說過往的那段經驗談。

「我在十七歲那年成婚。」

一如大部分出身良好的女性，對久堂葉月來說，結婚是義務之一。因此，無論父母為自己挑選了什麼樣的對象，她理所當然不能有任何怨言。

過去經常被評為活潑健談、富有行動力的葉月，在學的成績十分優秀，學習技藝時，也總能馬上就得心應手，樣貌也出色得讓人無從挑剔起。唯一美中不足的地方，就是她不太擅長家事，尤其廚藝簡直糟糕得一塌糊塗。不過，葉月並未因此產生危機意識。

所以，壓根沒有人料到她會在這段婚姻中觸礁。

「我也完全無法想像呢。因為，對久堂家的傭人來說，葉月大小姐可是讓我們引以為傲的名門千金喲。」

由里江一手撫著臉頰，像是在緬懷過往似地開口。聽到她這麼說，葉月輕笑著問道：

「哎呀，妳真是的，由里江。真的嗎？」

「當然是真的嘍。」

由里江自信滿滿的模樣實在很逗趣，讓美世不禁嘴角上揚。

「這樣呀。不過，那段婚姻主要的目的在於策略聯姻，所以對方的家庭一開始也相當歡迎我。」

至今，美世都鮮少與他人互動交流，所以無法理解這段婚姻為何會進展得不順利。

葉月的結婚對象，是一名比她年長十歲以上的帝國軍人。

這是為了讓異能者家系和帝國軍隊相關者之間的關係更為緊密，而決定的一場策略聯姻。儘管無權拒絕，但葉月表示她認為這樣的安排也無妨。

「我的丈夫雖然不是什麼美男子，但個性相當溫柔又誠懇。我覺得自己很幸運呢。因為我也聽說過不少由父母安排婚事的女性，最後嫁給一個很糟糕的對象。」

輕聲表示自己很幸運的葉月，表情看起來帶著淡淡的哀愁。

「您跟對方處得來嗎？」

忍不住這麼問之後，美世得到了「那當然嘍」的回應。

「畢竟我很喜歡他呀。而且，我想那個人應該也沒有嫌棄我吧。因為我們從沒吵過架。」

「這樣很棒呢。」

「謝謝妳。」

出嫁之後，葉月便和丈夫、以及丈夫的家人生活在同一個屋簷下。剛開始時，原本一切都很順利的婚姻生活，隨著時間經過慢慢出現破綻。

「我個人的想法、以及我不擅長家事這點，似乎開始讓夫家的人有意見。他們變得會時常挑剔我的一些小地方。」

「怎麼會這樣……」

「『竟然不會下廚』或是『很聒噪』，是我最常被指謫的地方。我完全沒料到事情會變成這樣，所以沮喪消沉得不得了，覺得自己恐怕撐不下去了。」

婆媳問題是很常見的事情，而葉月自然也沒能躲過。

葉月的夫家，或許對她懷抱著相當大的期待吧。然而，就算是葉月這樣的人物，多少也還是有缺點。期待一個完美無缺的媳婦嫁到家裡來的他們，在看葉月的時候，便會不自覺把她的缺點放大。

結婚兩年後，葉月生下一個兒子。看到繼承家系的新生命誕生，夫家欣喜不已。在他們歡天喜地迎接新生兒的這段期間，葉月過了一段平穩的生活；但這段蜜月期過去後，一切又重新回到昔日那樣。不熟悉的育兒生活，成了葉月肩頭上的重擔，再加上來自公婆和其他親戚的嚴厲指責，讓她再也無法承受這一切。

「每天晚上，我都會沒來由地掉眼淚。雖然丈夫也會安慰我，但到頭來，一切都沒有改變。有一天，丈夫這麼對我說。」

以平淡的語氣說到這裡之後，葉月頓了頓，露出淺淺的笑容。

「妳知道他說了什麼嗎？他說『我要跟妳離婚』。不是『我們離婚吧』，而是『我要跟妳離婚』。聽到這句話的我，覺得他怎麼可以這樣自作主張，因此相當生氣。我們就這樣你來我往地爭執起來，最後大吵了一架。當下雖然氣到失去理智，但回過神來的時候，發現離婚這樣的決定最後真的成立，讓我很震驚。」

「咦咦……」

這般年輕有活力的葉月，竟然已經是一個孩子的母親了——這樣的事實固然讓美世吃驚，但在轉眼間決定的離婚，更讓她感到衝擊。

不過，從葉月至今的言行舉止來判斷的話，這樣的發展莫名具有說服力。

「可是，回到娘家冷靜下來之後，我感到後悔莫及呢。我竟然完全順著他人的意思，就這樣拋下自己的丈夫和孩子。如果我那時能再努力一點就好了，就算廚藝很糟糕，只要勤加練習，我說不定也能煮出像樣的飯菜。」

「……」

「所以，我真的很佩服妳呢，美世妹妹。妳能在結婚前確實發現自己的缺點，並試著克服它，這是一件很了不起的事情喲。」

不知道該如何回應的美世垂下頭。

聽完葉月的這段經歷，覺得自己裡裡外外滿是缺點、跟葉月完全沒得比的美世，現在變得更沒有自信了。

「美世妹妹。」

「是。」

聽到葉月這麼呼喚，美世抬起頭，一個柔和而溫暖的笑容映入眼簾。

「我覺得人生最重要的，是在每一個當下，竭盡所能去做自己能夠做到的事，還有傾聽自己的想法。我想，妳一定總是非常努力，所以前者就不用我再叮嚀了；妳現在所需要的，是試著思考後者。今後，妳想要怎麼做？希望過怎樣的人生？」

葉月正面積極的表情、以及她所說出來的每一字每一句，都讓美世感到眩目不已。

倘若能夠變得像葉月這樣，她就會更接近適合站在清霞身旁的、自己理想中的女性形象了吧。然而，現在的自己，不足之處實在是太多了，讓她不禁感到迷惘起來。

因為，聽葉月訴說這段故事時，她察覺到一件事。

（我……）

設法彌補自己的缺點，確實很重要，這一點毋庸置疑。但美世不一樣，她擁有的不是「缺點」，而是「缺陷」。

（真要說的話，我連「家人」該是什麼樣的感覺，都不太明白。）

在過去的人生當中，美世不曾擁有過像樣的家人。倘若她日後和清霞結婚，必須面對他的父母和親戚的話？倘若兩人之間有了孩子的話？

連跟擁有血緣關係的人，都無法好好相處的自己，究竟又能做到什麼？

之前，葉月曾對美世說過，因為今後就會變成一家人，所以要美世多依賴她一點。

然而——

（該怎麼依賴？）

她不明白所謂的家人，應該以什麼樣的姿態存在。

理想的妻子、賢妻良母——這些詞彙無法讓美世產生共鳴，也是理所當然。因為，對於「家人」的形象，美世心中並沒有一個明確的概念。對她來說，這些都是只存在於字面上、只能憑空想像的虛幻名詞。

明明不是在作惡夢，她卻有種眼前的景象被染成一片黑色的錯覺。

「美世妹妹？」

看到葉月不解地望著自己，美世勉強擠出一個笑容回應。

「我……從來都沒有想過這些。不過，有一件事，我已經下定決心了。」

「是什麼事呢？」

「我想留在這裡，想留在老爺的身邊。」

不可以輸給心中那些負面的聲音。美世意識著這一點，以毅然決然的語氣開口。

只有這點，她絕對不會退讓。她甚至暗自祈禱過，只要能留在清霞身邊，她什麼都願意做。就算現在的自己仍一無是處，美世還是不願意放棄。

「真好。能讓妳這麼傾慕，那孩子實在很幸福呢。」

葉月朝美世露出穩重而成熟的女性的微笑。

「好了，繼續上課吧。我們不小心聊太久了呢。」

「是。」

為了接受葉月的指導，美世從桌前起身。

比起白晝，夏天的夜晚涼爽而舒適。

洗去一整天下來流淌的汗水後，在返回房間的路上，美世看到一個人影坐在面對室外的緣廊上。他身穿一襲看起來很涼爽的浴衣，一頭長髮罕見地沒有紮起，而是直接披垂在肩上。是清霞。

（老爺果然很疲倦吧……）

眼神感覺縹緲而心不在焉的他，看起來沒什麼精神。

雖然以前也有輪值晚班的日子，但這陣子以來，清霞頻繁在夜間因公外出，原本話就不多的他，現在變得更少開口，反而是嘆息的次數增加了。看到清霞臉上疲憊的表情，美世總覺得不好再找他商量自己的惡夢，因此一直將這個問題拖著沒有處理。

（我得振作一點才行。）

對明顯表露出疲態的人傾訴自己的煎熬和辛酸，這種事她做不到。

美世鼓起幹勁走到廚房，迅速準備了幾樣東西後，朝正在眺望凸月的清霞緩緩靠近。

「老爺，我可以坐您旁邊嗎？」

「嗯。」

得到清霞的允許，讓美世感到莫名放心。她放下自己端來的托盤，在清霞身旁坐下。

這時，清霞才終於轉過來望向她。

「這是？」

「呃，是熱茶和一些……醃漬的小菜……」

看到清霞望向托盤這麼問，美世有些不解地回答。

原本想為一臉疲態的他做些什麼，但似乎是太多餘了——正當美世要開始後悔的時候，她發現事情似乎不是自己所想的那樣。

「給我一杯吧。」

「啊，是。」

美世仰賴著戶外的月光，將茶壺裡的熱茶倒入兩只茶杯裡頭。麥子的香氣在身邊瀰漫開來。

美世試著把平時泡的綠茶換成麥茶。

「麥茶啊。」

「是的。因為夏天到了，我試著配合季節換一種茶飲。這次用來做醃漬小菜的小黃瓜和茄子，品質都非常好……那個，能請您嘗嘗看嗎？」

今年的農作似乎是大豐收的狀態。在採購大量蔬菜後，為了延長保存日期，美世趁著學習的空檔，和由里江勤奮地把一部分的蔬菜做成醃漬品。

因為已經差不多醃得入味了，美世打算從明天的早餐開始加入這些醃漬小菜。

清霞將一小塊醃小黃瓜送入口中，咀嚼起來的口感十分清脆。

「很好吃。」

「太好了。」

兩人就這樣無語了片刻，任憑悠閒的時間流逝。

率先打破沉默的人是清霞。從一臉難以啟齒的表情看來，他或許是猶豫了很久才開口。

「美世……那個……」

「是。」

「抱歉，我一直很忙。最近工作特別多。」

「不會……」

清霞以隊長這個出色的身分地位努力工作著。必須肩負重責大任的職務，忙碌的程度也會跟地位成正比。在美世來到這個家之後，清霞從未像最近這麼忙碌過，所以她不知不覺也忘了這一點。

說她不會覺得無助，是騙人的。被惡夢折磨的日子無比艱辛，在一片黑暗之中摸索著前進，是很痛苦的事情。一個人實在太寂寞了。

美世緊握住自己變得冰冷的指尖，一股沉重的頭痛緩緩浮現。

「請您工作加油，我一個人沒問題的。」

「真的嗎？」

「咦？」

「妳有沒有遇到什麼困擾？如果想找我商量的話，就說出來。」

清霞微微瞇起雙眼，美世感覺自己彷彿被他的視線貫穿。

（要趁這個機會跟老爺商量嗎？……不行。）

美世勉強把持住差點鬆懈下來的自制心。

要是說出口，清霞一定會試著替她想辦法。然而，他最近已經足夠辛苦了，自己不應該再這樣增加他的負擔。

只要她忍耐下來就好，再撐一下，等到清霞不這麼忙的時候為止。

「我……沒事的。沒有什麼困擾。」

「是嗎？」

清霞移開視線，捧起茶杯啜飲。

一瞬間，美世總覺得自己在他的眼中窺見了失望的神色，心臟也因此狠狠揪了一下。

「那……那個，老爺。我今天聽葉月小姐說了她的故事。」

感到害怕的美世，不禁以偏快的說話速度換了個話題。

清霞吐出一口氣，也搭著她的話題聊了起來。

「我姊姊？難道是聊她離婚的事？」

「是的。所以……那個……我有一點事想問您。老爺，對您來說，葉月小姐是個什麼樣的人呢？」

這並不是美世臨時搬出來撐場面的話題，她是真心想詢問清霞這件事。

血脈相繫的姊弟，但美世終究沒能跟自己的繼妹香耶互相理解，那麼，清霞又如何呢？在聽了葉月的故事之後，美世一直很在意這一點。

「什麼樣的人嗎？這麼說來，我沒什麼跟妳提過她呢。」

清霞將只剩下一口麥茶的茶杯放回托盤上。

美世在杯中注入熱茶，柔和的麥香再次飄散開來。

「我和姊姊從以前關係就不錯。如妳所見，姊姊是個有些聒噪的人，因此，從小她就很照顧我、也常調侃我，偶爾會覺得這樣的她有點煩人就是了。」

「這我大概能想像呢。」

年幼的清霞和葉月玩在一塊兒的模樣浮現在美世腦海裡。那樣的光景，想必十分可愛吧。

「我們的關係，應該不是單純建立在喜歡或討厭的感情之上。我跟葉月在相同的環境出生、一起被養育長大，所以能夠理解彼此的想法，也無須顧慮對方太多。雖然個性有些合不來，但我覺得她是個很好的人……這樣有回答到妳的疑問嗎？」

「是的。」

好羨慕。美世打從心底這麼想。

清霞的身旁，有個能讓他道出這番感想的人——這樣的他，純粹令美世感到羨慕不已。

（我真的是個傻瓜呢……）

就算問清霞這種問題，也只會聽到讓自己感覺更孤單的答案而已。

一股強烈的孤獨感瞬間湧上心頭，美世不知道該如何化解這樣的情緒。能夠成為自己心靈依靠的雙親或兄弟姊妹——這輩子，自己是否都無法感受到這種家人之間的緊密連結，只能一直和他人維持點到為止的關係呢？

不對，在這個世上，也有很多人沒有家人。美世並非唯一的例外。

（我也明白的，來到這個家之後，我體會到擁有歸屬之處的溫暖。）

過去，在娘家齋森家和繼母、香耶維持著對立關係的她，渴望自己能夠以未婚妻、以妻子的身分永遠留在清霞身旁。

但現在呢？她的欲望開始無邊無際地膨脹。不只是歸屬之處，美世甚至開始渴望他人的心。無關相親或婚約，她希望能和清霞成為真正的家人。

「美世，再靠過來一點。」

「是。」

聽到清霞這麼說，美世拿起放在兩人之間的托盤，朝清霞坐近一些。

清霞伸出手，握住她從浴衣衣袖裡頭探出來的手腕。

「老……老爺？」

「寂寞的話，就跟我說妳很寂寞；痛苦的時候，就跟我說妳很痛苦。」

「！」

「如果妳不說出口，我就無法明白。」

美世說不出半句話。

想坦白說出來——美世其實也是這麼想的，然而，現在的情況不允許她這麼做。

她不想增添清霞的負擔，也不想讓他無謂地煩惱、或是痛苦。她不希望讓他覺得自己是個麻煩的傢伙。

「我、我不會覺得寂寞……」

「是嗎？但我會呢。」

「！」

這怎麼可能呢？是自己聽錯了嗎？

（老爺會覺得寂寞？因為見不到我？不可能有這種事。）

就算卯起來否定，腦內仍有一個聲音告訴美世自己沒有聽錯。

難為情的感覺一瞬間湧現，讓她無法和以認真表情、筆直眼神望著自己的未婚夫對上目光。

「妳不會寂寞嗎？」

「我……」

「我？」

啊啊，不行了。

面對清霞的追問，美世再也無法逞強下去。

「我很寂寞……」

她終究還是吐露出自己一小部分的真心話。隨後，她微微抬起自己原本移開的視線

——臉頰也跟著發燙到無法找藉口含糊帶過的程度。

比想像中更靠近的清霞的臉龐，浮現了極為美麗的笑容。

心跳聲變得無比清晰。

在淡藍色月光照耀下的他的微笑，美麗到幾乎足以讓人覺得這世上沒有更美的事物。

「妳從一開始就該這麼說了。」

「對不起。」

忍不住道歉後，清霞突然從喉頭發出笑聲。

「妳馬上道歉的習慣，還是沒有改掉啊……不過，是從什麼時候開始的？」

「咦？」

「過去，妳道歉的時候總是說『非常抱歉』，但現在變成『對不起』了。」

「啊……」

美世吃驚地以手掩嘴。

她完全沒有意識到這一點。自己的說話方式，是什麼時候開始改變的呢？她應該一直都不曾用過「對不起」這種說法才對。

「這……這下怎麼辦呢……」

「不，沒關係啊。這樣就好。」

「不會很孩子氣嗎？我總覺得有點怪怪的。」

「說話方式變得輕鬆，是因為妳習慣這個家了吧。在家裡的話，就沒有問題。」

清霞反而希望她再放鬆一點。

說著，他伸出手攬住美世的肩頭，將她拉近自己。

「妳可以依靠我，美世，告訴我更多妳的真心話，變得更任性一點。這樣的妳的一切，我都會接受。」

美世沒有回答。

只有沉重的陣陣頭痛，不斷主張著自己的存在。

◇◇◇

這天，在葉月的指導告一段落，正在跟美世討論是否要稍做休息時，玄關傳來一陣「不好意思～」的呼喚聲。

「哎呀，會是誰呢？」

「我去應門。」

「美世大人，我去招呼就可以了。」

「沒關係的，我來吧。」

看到由里江準備離開起居室，美世連忙制止她，然後趕往玄關。

「不好意思，讓您久等……」

打開玄關大門的瞬間，足以令人暈眩的熱氣迎面而來，讓美世不禁皺起眉頭。她抬起視線，然後瞪大雙眼。

站在外頭的，是一名外貌十分出眾的青年。微捲的淺褐色短髮、一身看起來清爽的襯衫和背心打扮的他，是個身型偏瘦的美男子。

而這名男子頗富親和力的笑容，美世也並不陌生。

「您是……」

「咦？這裡是久堂清霞先生府上沒錯吧？」

「是……是的。」

美世吃驚得無法好好回應青年。

竟然有這樣的巧合。前陣子，美世差點在街上暈倒時，出手拯救了她的恩人——兩人竟然會在這樣的情況下重逢。

青年很困惑似地將兩道眉毛彎成八字狀，然後微微歪過頭問道：

「請問久堂少校在家嗎？」

「不，老爺已經去上班了。」

「咦！這就怪了，他今天應該休假才對啊，所以我才會來府上拜訪。」

青年將手撫上後腦勺，疑惑地發出「唔～」的呻吟聲。

這麼說來——美世開口向他說明。

「我有聽老爺說，他今天原本休假，但因為最近工作很忙，所以又臨時決定去上班。」

「噢，原來是這樣啊。不好意思，是我事前的確認不足。」

看樣子，青年似乎是為了工作業務而來拜訪清霞。但因為清霞最近忙於工作，幾乎沒有休假，導致兩人錯過見面的機會。

「那麼，少校現在應該是在值勤所吧……呼～」

外頭的天氣十分炎熱。看到青年沮喪地垂下雙肩，美世總覺得於心不忍，於是向他這麼表示：

「您不嫌棄的話，要不要進來稍做歇息呢？」

來到起居室後，在葉月和由里江好奇的目光之下，青年一口氣飲盡美世為他送上的水。

「得救了呢，謝謝妳。」

「不、不會。之前承蒙您出手幫忙，我才應該說謝謝。」

作為回禮，區區一杯水算不了什麼。

聽到美世這麼說，青年露出恍然大悟的表情，然後端正自己的坐姿。

「我叫做鶴木新，請多指教。」

「我是齋森美世。」

美世戰戰兢兢地握住青年——新朝她伸出來的友誼之手。他回握的掌心，給人溫暖又溫柔的感覺。

不過，不知道是不是美世的錯覺，她似乎聽到新輕聲說了一句「……好瘦」。

「美世小姐，妳就是久堂少校傳聞的那位未婚妻吧？」

「傳聞？」

「是的，因為有一段時間，社交界都在討論這件事呢。所以，我也知道少校身旁有這樣的一位女性。」

「這樣呀……」美世微微垂下頭。

自己的事情，在不知道的地方變成傳聞，讓她有種奇妙又難為情的感覺。

「不過……」

「？」

「我對久堂少校有些失望。」

新突然以低沉的嗓音輕聲這麼表示。一瞬間懷疑起自己的耳朵的美世，忍不住猛地抬起頭。

「這、這是為什麼呢？」

「就是呀，您這樣會不會太失禮了？」

葉月也不禁皺起眉頭這麼插嘴。

然而，新完全沒有因此動搖，只是瞇起雙眼，對美世投以宛如在打量她的犀利視線。

「美世小姐，妳明白自己現在看起來的氣色如何嗎？」

「我……」

沒錯，新曾經見識過美世差點暈倒的樣子。在那之後，她的健康狀況一直持續走下坡，氣色想必也如同新所說的那樣糟糕吧。

這樣的話，新會對跟美世同住一個屋簷下的未婚夫清霞產生不信任感，恐怕也是無可奈何的事情。

「老爺沒有錯，不對的人是我。」

「美世妹妹……」

葉月以擔心的嗓音輕喚。

新很無奈似地以鼻子哼了一聲。

「我的發言有些逾矩了，不過，我認為自己說的並沒有錯。」

語畢，新朝堆在房間一角的大量教科書和帳簿瞄了一眼，又繼續往下說。

「讓妳努力到變成這麼虛弱的模樣，未免也太不正常了。」

「……」

「真是無聊，妳應該也有妳才能做到的事情啊，美世小姐。我不認為有必要這麼急切地勉強妳去做自己原本做不到的事情。」

新的說話語氣，聽起來好像他什麼都明白似的。

美世感覺腦中有什麼東西「啪嘰」一聲斷裂了。

「請您不要這樣！」

「不要怎樣？」

「這些都是我自願做的事情，老爺和葉月小姐只是好心協助我而已。請不要說得這麼難聽。」

沒錯，這不過是美世的任性罷了。大家只是陪伴她做她想做的事情，就算健康狀況愈來愈差，這也是美世個人的責任。

但新的說法，感覺是清霞和葉月硬是要狀況並不理想的美世，學習自己所不熟悉的事物。這讓美世無法忍受。

大喊出聲後，美世的頭又閃過一陣痛楚。

慶幸的是，新只是深深嘆了一口氣，不打算再繼續與她爭辯下去。

「不好意思，我把氣氛弄僵了呢。承蒙妳的好意讓我入內休息，卻還做出這樣的行為，真是抱歉……我該離開了。」

說著，新俐落起身，然後快步朝玄關走去。

「真是的，那個男人是怎麼回事呀？這樣口無遮攔地說話……呃，美世妹妹？」

聽一旁的葉月這麼抱怨的同時，美世也從原地起身。

「我……去玄關送他離開。」

「咦！不用了啦。那種男人，不送他離開也無所謂呀。」

「這樣不行的。」

美世以有些無力的步伐追上新的腳步。她來到玄關時，新正好穿完鞋子。

「美世小姐？」

「非常抱歉，我剛才一時情緒激動……」

「不，是我的態度太失禮了，請妳別放在心上。」

新轉身正面望向美世，然後將自己的臉湊近她的耳畔。

「可是，我可以賦予妳專屬於妳的職責，倘若妳有興趣的話，歡迎隨時聯絡我。」

美世愣在原地，在她還沒來得及反應時，拋下這句輕喃的新便在轉眼間離去。

（專屬於我的……職責？）

只顧著思考這句話的含意的美世，沒能察覺到另一件事——

她的和服衣袖裡頭，有著新悄悄留下來的禮物。

不知道是不是錯覺，在這之後，葉月和由里江都不太說話，美世也無法集中精神學習，只好讓今天的課程提早結束。

委婉但確實地拒絕由里江想要幫忙準備晚餐的好意，讓她先行返家後，美世獨自一人站在廚房裡頭。

（職責……專屬於我的……我果然還是不太明白呢。）

現在，沉重的頭痛和新的發言，徹底占據了美世的大腦。

美世有美世才能做到的事情——新是這麼說的。

美世原本以為，這番話的意思，就是要她放棄讓自己變成一名淑女，把擅長的家事做好即可。然而，仔細想想，新不可能對她的事情有這麼多了解。

真要說的話，他突然來到家中拜訪、還對才第二次見面的美世道出那樣的建議和邀請，也是相當不自然的事情——彷彿像是在暗示，比起清霞，他能夠和美世處得更好似的。

「……世。」

難道他們以前曾經見過面？不，這不可能，畢竟美世的交友圈小得可憐，若是過去曾和新見過面，她理應會記得才是。

「……美世。」

不過，無論新說了什麼，她都絕對不能放棄學習禮儀技藝。大家都能夠做到的事，只有她做不到——這樣的情況，可不能一直持續下去。

她不想成為自己重視的人們的包袱，她想成為能讓他人說出「有妳在真是太好了」這種話的存在。她不希望這樣的願望是錯的。

「美世。」

「！」

聽到從背後傳來的呼喚聲，美世嚇得差點整個人跳起來。

她轉身，發現未婚夫倚著廚房的門框站立，以嚴厲的表情望著自己。

第三章　前往薄刃家

時間回到稍早之前。

面對今天約好碰面、卻未能準時現身的新，清霞瞪了他一眼。

「太慢了。」

「哎呀，真是不好意思。」

新露出看似完全不覺得自己有錯的笑容回應，然後在會客室的沙發上坐下。

「竟然遲到，你的膽識還真不小。」

這次的面會其實不算太重要，因此，只是遲到幾分鐘，或許也沒什麼好指責的。但清霞這天情緒有些暴躁。

「我無法為自己找藉口呢。大概是熱昏頭，才會出差錯吧。」

「理由說來聽聽？」

「我記錯了，我原本聽說你今天不用值勤，所以剛才直接去府上拜訪。」

清霞吃驚地瞪大雙眼。

按照原先的班表，他今天確實排休沒錯。然而，在奧津城的怨靈們不知道會採取什麼行動的現在，他無法在家中悠哉休息，因此自願過來休假日出勤。

他以為這件事有確實傳到新的耳中。

「原來如此，恐怕是負責傳話的人疏忽了吧。」

看樣子，整個帝國軍內部，除了位居基層的清霞等人以外，大海渡和宮內省那邊的職員，恐怕也是手忙腳亂的狀態。

清霞吐出一口氣。

他覺得自己有一陣子不曾好好在家裡待過了。在傍晚暫時回家一趟、休息片刻後，晚上再次返回值勤所，直到隔天傍晚才會再次返家——這陣子以來，他一直過著這樣的生活。

看到奇怪的人影、或是遇到幽靈……諸如此類和奧津城相關、又或是無關的大量目擊情報和陳情內容，全都被送往清霞這裡。針對這些玉石混淆的情報，一一做出因應處置，再從其中找出美玉——亦即有力的內容，視情況必要深入調查，最後逐一向上級報告。這樣的過程，十分耗費心力和時間。

儘管如此，清霞仍優先讓自己的下屬返家、或是替他們安排休息時間，但這也讓他個人的負擔愈來愈沉重。之所以會變得脾氣暴躁，基本上都是因為這樣的原因。

只是因為過於忙碌，就變得無法控制情緒，說來也令人有些難為情就是了。

「嗯，我想大概是吧。噢，對了，我有見到你的未婚妻美世小姐呢。」

新一派輕鬆地道出的這句話，讓清霞的肩頭微微一震。

新似笑非笑地揚起嘴角，露出壞心的眼神。

「她非常殷切地招待我呢，你真的跟一名極為出色的女性訂定了婚約啊。」

「這是在挖苦我嗎？」

「不，我只是陳述事實罷了。不過……我知道這麼說是多管閒事，但你對待如此出色的女性的方式，我實在無法認同。」

「什麼？」

清霞皺起眉頭，他不明白新這番話的意思。

「我之前──應該說是前陣子剛發生的事吧，有遇過美世小姐一次。」

「然後？」

「那時的她，氣色看起來差到隨時都可能暈過去。」

「……」

「實際上，她也確實差點暈倒了。那個當下，我剛好就站在一旁，所以有對她伸出援手。當天的她，健康狀況看起來已經不甚理想了，但今天卻變得更加嚴重。」

這是清霞第一次聽說美世和新之前曾經見過面的事，而且，聽這種只是打過照面的男人評斷自己的未婚妻，讓他相當不快。

然而，被新這麼指謫過後，清霞才發現自己完全不記得昨晚的美世看起來氣色如何。

（那個一同賞月的夜晚呢？不對，在更之前又是什麼樣的感覺？）

因為持續作惡夢，美世變得相當虛弱，看起來有氣無力到彷彿隨時都會消失的程度。為了趁早解決這個問題，清霞以各種方式打聽薄刃家的情報，卻苦無所獲；再加上工作過於繁忙，他最近甚至無法好好回家一趟。

冷汗因強烈的焦躁感而滲出。

「既然是美世小姐的未婚夫，就算工作再忙，你也應該關心她一下吧？至少要聽她說話啊……換作是我的話，可不會這樣對待自己的未婚妻。」

要是平常的話，清霞或許只會朝新怒吼「不用你多管閒事」吧，這並不是外人可以多嘴的事情。

然而，今天的他，終究沒能說出這句話。

結束跟新的面會後，清霞以幾乎無法運轉的大腦處理了公事，又從情報販子那裡獲得最新的關鍵情報後，便踏上歸途。

白天，新對他說的那番話，一直讓清霞耿耿於懷。之後，從情報販子那裡得知的事實，又十分湊巧地為這一切做了最好的說明。

唯一跟不上這些的，就只有清霞的心。

待清霞踏進家門，總是會親自到玄關迎接他的美世，今天不知為何不見人影。不過，清霞隨即發現了待在家中的她。

「美世。」

他朝站在廚房裡努力做家務的未婚妻的背影出聲呼喚，但清霞的聲音，並沒有傳進看起來心不在焉的美世耳中。

「美世。」

「……」

「美世。」

在清霞第三聲呼喚後，才終於停下雙手的動作、轉過身來的美世，表情看起來相當吃驚。

「老、老爺？」

從美世的表情，可以看出她甚至連清霞回到家一事都未能察覺。她做家事做得這麼專心嗎？不對。

「我回來了。」

「歡、歡迎您回來。對不起，我沒能去門口迎接您！」

「無妨。」

看著美世小跑步朝自己靠近，清霞從正面望向她。

身穿一襲有楓葉圖樣點綴的淺藍綠色和服的她，看起來已是一名出色的淑女。看到現在的她，無論是誰，都會給以端莊賢淑、又楚楚可憐的讚美吧。這想必不是身為未婚夫的清霞偏心的評價。

他時常不在家的這段期間，跟著姊姊葉月勤勉學習的美世，光是站姿，看起來就截然不同。

然而——

「美世，為什麼……」

清霞沒能好好說完這句話。

浮現在他腦中的，是幾個月前的事情。

剛來到這個家裡的美世，樣貌看起來真的令人不忍卒睹。

幾乎只剩下皮包骨、極其不健康的枯瘦身型。髮質和肌膚乾燥不已，氣色也一直都很差。

不過，這些應該都已經獲得改善了才對。在這裡過著和一般人無異的生活後，她看起來應該已經不再像過去那麼可憐兮兮。

但現在的美世，簡直又回到了那段時期的她。

她的臉色蒼白，眼睛下方也掛著淡淡的黑眼圈。原本變得比較豐潤的雙頰和手腕，現在再次消瘦下來，而且想必不是清霞的錯覺。比起之前賞月那晚，她的確變得更加憔悴了。

（到頭來，還是跟那個男人說的一樣嗎……）

像是煮沸的熱水不斷湧出的氣泡那樣，清霞內心的某種情緒，開始主張自身的存在。

「請問……」

「看來，姊姊的指導恐怕相當嚴苛吧。」

清霞以帶刺的語氣這麼問之後，美世搖搖頭。

「不，那個……葉月小姐總是很關心我。」

「那麼，這又是為什麼？」

心頭湧現一股焦躁的清霞，忍不住打斷美世的發言追問。

他不明白自己為何會如此焦躁。回過神來的時候，清霞發現自己已經揪住了美世的手腕。

「老爺，我——」

「妳為什麼會消瘦成這樣？為什麼會心不在焉到甚至沒發現我回到家的程度？」

「這是因為……那個……」

看著美世慌張到眼神不斷在空中游移的反應，清霞更不滿了。

「我從沒聽說妳之前跟鶴木新見過面的事情。」

「那、那個……老爺……」

「還不只這個。妳每晚都因為作惡夢而不斷說夢話的事，妳以為我會不知道嗎？」

聽到清霞這句話，美世終於瞪大雙眼僵在原地。

（不對，我並不想用這種口氣跟她說話——）

五味雜陳的思緒在清霞的胸口翻攪著。

他絕不是想要責備美世。無論是針對新的事情、或是惡夢的問題，想好好珍惜美世、不願她受到傷害的他，也想過其他開口的方式。

然而，一點一滴累積起來的感受，一旦脫口而出，就再也止不住。

「我應該跟妳說過了吧？要妳什麼事都跟我說，要妳更依賴我、多向我撒嬌。但妳卻遲遲不願意告訴我真相。」

「……」

「是我不值得信任嗎？所以妳從來不願意主動跟我說些什麼？」

「不是的！」

美世的嗓音明顯顫抖著，仰望著清霞的一雙眼睛，也開始泛著淚光。

「我只是不想給您添麻煩而已。您這陣子已經足夠忙碌、看起來也很疲倦，我不希望讓您再為我的事情煩心……」

「我才沒有疲倦，別擅自下定論。」

「！」

說自己不疲倦，簡直是天大的謊言。實際上，就連五道都看出清霞過於疲勞的事實，因此要求他返家，甚至要他今晚不用再回值勤所了。

更何況，清霞也沒發現美世異常虛弱的變化、甚至還像這樣嚴厲責備她。除了疲勞導致判斷力下降，讓他無法控制情緒以外，沒有其他的原因了。

然而，清霞仍忍不住順勢說出這一句話。

「早知道會變成這樣，我一開始就不應該答應讓妳學習。」

「……」

看見淚珠從一臉茫然的美世的眼眶裡溢出，清霞才終於察覺到自己的失言。

美世主動表現出想要學習的意欲，閱讀跟葉月借來的課本時，雙眼總是閃閃發光。跟葉月在一起的時候，美世看起來總是開心不已。

但這一刻，清霞卻否定了這一切。

「老爺，您太過分了。」

淚水從美世臉上撲簌簌滑落，沾濕了地板。

清霞感到後悔莫及，他心慌意亂到自己都無法理解的程度，也說不出半句話。

「我……只是……」

聽到她的發言不自然地中斷，清霞才回過神來。

美世的身子在下一刻傾斜，倒在清霞及時伸出去的臂膀上。不是比喻、而是真的宛如羽毛那般輕盈的重量，讓他不禁背脊發冷。

（啊啊，我真是沒用——）

他傷害了美世。

清霞並不想這麼做，他只是一時口不擇言——這樣的藉口沒有任何意義。變得如此虛弱、受過比一般人更多傷害的她——

他對她做出了最不應該做的事情。

這樣的他，不就跟齋森家的人沒有兩樣了嗎？

清霞抱起昏過去的美世。

懷著滿心自責的他，準備將美世抱回她的房間裡時，不經意往下移的視線，瞥見一張落在地上的陌生紙片。

「這是……」

寫在紙片上頭的，是足以讓清霞的推測完全成立的內容。

做出最後的決定時，他沒有一絲苦惱。為了補償、拯救美世，這是唯一能走的路。

◇◇◇

睜開有些浮腫的眼皮後，映入美世眼簾的，是自己房間的天花板。

（已經……是早上了？）

房裡已經變得有些明亮，也能聽見外頭的鳥囀聲。

但美世並沒有自己昨晚鑽進被窩睡去的記憶。

這是怎麼一回事呢？她試著回想，然後瞬間臉色發白。

（對了，我……竟然對老爺說出那種話……）

用「你太過分了」這種話埋怨清霞後，自己似乎就暈了過去。想必是清霞將她抱回房裡的吧。

美世總是不禁思考起新對她說過的那番話，換作是平常，她不可能沒聽到清霞返家時的轎車引擎聲。因為腦袋一直在想事情、再加上身體狀況不佳，導致她恍神的程度比以往更嚴重。

那是她第一次看到如此暴躁的清霞。

一開始，美世以為清霞是為了她沒能到玄關迎接他回家一事而動怒，但事實並非如此。他糾結在一起的落寞表情，看起來彷彿快要哭出來了。

（老爺一直在等待我主動說出口呢。）

自己真是個大傻瓜。

清霞果然很清楚美世一直為惡夢所苦的事實，也在等待她主動向自己求助。明明已經困擾到走投無路的程度，卻遲遲不願找清霞商量，只是自己承擔這個問題的美世，看起來就像是不相信任何人，甚至包括清霞在內。

這點小事，應該稍微思考一下就能明白。但美世卻渾然不覺，滿腦子只想著自己的事。

那晚，想必是最後一個好機會，但她卻白白浪廢掉了。

清霞很溫柔，正因如此，美世愚蠢的行動，才會讓他苦惱到那種地步。

（該怎麼辦呢……）

向清霞賠罪，他就會原諒自己了嗎？再這樣下去的話，就算他對自己的好感被磨耗殆盡，美世也無法埋怨什麼。

隨後，美世不祥的想像成為了現實。

像是連道歉的機會都不願意給她似地，從一大早開始，清霞就完全不搭理她。

儘管很清楚有錯的人是自己，但清霞彷彿回到最初那時的態度，仍讓美世感到心痛不已。再加上，美世其實下意識認為溫柔的清霞應該會原諒她，對於想法這般天真的自己，她也感到相當憤慨。

不巧的是，總會從旁緩和兩人之間的氣氛的由里江，今天剛好休假。

兩人沉悶到彷彿永遠看不到盡頭的早餐時間結束後，清霞對著開始收拾碗筷餐具的美世淡淡拋下一句「等等要出門，去做準備」。

比起他主動跟自己說話帶來的安心感，美世有種更為強烈的不安。

（恐怕……已經無法挽回了呢。）

現在不是在意新的那句發言的時候。

她和清霞的關係，說不定已經產生了裂痕。不是因為其他的理由，是美世以自己的雙手毀了這一切。

因為想留在清霞身邊，所以她才不斷努力。然而，倘若自己愚蠢的行為，反而成為讓清霞痛苦的原因呢？要是他表示「我不需要妳了」的話？這可不是努力就能夠彌補的問題。

總之，美世依照清霞的指示換上外出服，打理好自己的外表，做好出門準備。

坐上車後，清霞依舊一語不發。只有兩人的車內氣氛十分沉重，讓美世也不敢主動朝他搭話。這樣的清霞，最後帶著她來到的目的地是——

（這裡是……）

是什麼公司嗎？出現在眼前的，是座落在帝都一角、兩層樓高的紅磚建築物，一旁還有巨大的倉庫。雙開式設計的入口大門，鑲著被擦拭到閃閃發亮的玻璃窗，上方是大大的「鶴木貿易」四個字。

清霞朝默不作聲的美世瞄了一眼，淡淡地以一句「進去吧」催促她。

踏進建築物內部後，整潔美觀的大廳映入眼簾。

清霞直接朝正面櫃臺的年輕男性職員走近。

「請問需要什麼協助嗎？」

「不好意思，突然來訪。我想找在這裡工作的鶴木新先生。」

聽到清霞道出的這個名字，美世不禁屏息。

沒想到那個人會在這裡。這樣的話，自己該用什麼樣的表情跟他見面才好？

「不好意思，請問您是？」

「跟他說對異特務小隊的久堂來了就行了，我沒有事先跟他約好。」

「我確認一下，請您稍待片刻。」

說著，男性職員走進建築物深處的房間。沒多久之後，他便帶著焦急的神色走出來。

「鶴木馬上會跟您見面，請往這邊走。」

對方領著清霞走向建築物二樓。跟一樓職員們埋頭忙碌的氣氛截然不同，二樓給人的感覺十分平靜。

目的地是位於二樓深處、外頭掛著「協商負責人」的牌子的房間。

「就是這裡，您請進。」

男性職員一邊這麼說，一邊向清霞鞠躬致意。朝他點點頭後，清霞伸手敲門，裡頭隨即傳來一聲「請進」的回應。

一名看起來十分爽朗的傑出青年，以悠然的態度坐在椅子上等待他。

「歡迎你，久堂少校，昨天十分感謝你。」

「嗯。」

把錯怪在別人身上並不好。儘管很明白這一點，但清霞仍忍不住對新投以怨恨的視線。

新將視線從清霞移到美世身上，對她露出微笑。

「美世小姐也是，昨天才見過面呢。」

「是……」

美世實在很想以「你們究竟打算做什麼？」追問清霞和新。

「我們換個地方吧，畢竟有很多話要說，我想避免在公司談論私事。」

「嗯，我也有很多事想要問你。」

清霞以犀利的眼神望著新這麼說。完全搞不清楚狀況的美世，只能懷抱著五味雜陳的心情緊緊咬牙。

離開公司大樓後，三人來到一處距離很近、徒步幾分鐘就能抵達的宅邸。

這棟現代化的獨棟房舍，有著塗上白色油漆的美麗木造外牆。根據新的說法，玄關外頭掛著「鶴木」門牌的這個地方，是他的老家。

「裡頭有個很想見妳的人呢，美世小姐。噢，別擔心，我們不會做出加害於妳的行為，所以請放心吧。」

雖然有著現代化的外觀，但宅邸裡頭似乎仍以令人熟悉的榻榻米房間為主，感覺巧妙地將東西洋文化融合在一起。室內沒有其他人的氣息，只有外頭的喧囂聲隱隱約約傳來。

跟在新的後方前進的美世和清霞，依舊沒有半句對話。要兩人在一個約莫五坪大的會客室稍等的新，在離開片刻後又走了回來。

一名背脊挺得很直的陌生老爺子站在他的身後。

「啊啊，跟澄美長得好像……」

「澄美？」

聽到這名老爺子以懷念不已的口吻，道出自己的生母之名，美世感到更混亂了。身旁的未婚夫也閉上雙眼沉默不語，無法看出他現在在想什麼。

「這樣一來，演員都到齊了——終於走到今天了。」

新笑著表示。然而，他原本那能讓人放下戒心的笑容，現在看起來只像一張皮笑肉不笑的面具，令人更加不安。

「久堂少校，關於我們究竟是何許人物，你應該已經明白了吧？」

「我大費周章搜查了好久，萬萬沒想到會在這樣的情況下，找到自己要找的目標對象。」

「當然不可能輕易讓你找出來嘍。依照規定，我們不能光明正大地出現在人前。就連現在像這樣跟你面對面，都可以說是違反紀律的行為了。」

美世完全無法理解清霞和新這番對話的意思。

（還是說，他們接下來要談論和昨天相關的事情呢？）

美世將疑問放在心中，選擇默默地在一旁觀看事情發展。

如果是要討論工作的事情，除了清霞之外，自己為什麼也得到場？在美世開始思考這樣的問題時，真相赤裸裸地在她眼前攤開了。

「那麼，容我重新向兩位打一次招呼，歡迎你們光臨這個薄刃家。」

「薄……刃？」

（那是母親的……）

美世腦中的思緒在一瞬間化為空白。

不會錯的，自己的生母齋森澄美出生長大的老家，竟然就是這個地方。

新瞇起雙眼，望向說不出半句話的美世。

在令人坐立不安的寂靜籠罩下，率先開口的，是原本一直沒有任何動作的老爺子。

「沒錯，這裡是薄刃家。老夫是前任薄刃家當家薄刃義浪，也是妳的外祖父，美世。」

「我的本名其實是薄刃新。美世小姐，我可以說是妳的表哥……『鶴木』是我們對外使用的姓氏，所以我平常都是以『鶴木新』這個名字自居。」

「怎麼會……」

外祖父，表哥。

美世不禁掩著嘴垂下頭。

她幾乎不曾見過自己的其他親戚。

在美世懂事時，齋森家的祖父母便已離開人世；而其他叔叔、嬸嬸或堂兄弟姐妹，因為沒有異能，似乎都住在距離齋森家宅邸很遠的地方，過著低調不已的生活，所以也沒有機會見到面。至於繼母的雙親和兄弟姐妹，雖然常會拜訪齋森家，香耶也很喜歡黏著他們，但對美世來說，那些人都只是跟自己沒有血緣關係的陌生人罷了。

薄刃家就更不用提了，儘管知道有這樣的家族，但除此以外，美世對他們完全不了解。

「久堂少校，你今天會來到這裡，是為了解決美世小姐作惡夢的問題，對嗎？」

「嗯，長年以來，旁人都判斷美世沒有異能，然而，事實應該並非如此。正因如此，你才會像這樣嘗試接觸她吧？刻意接下奧津城事件協商者的委託、在美世面前現身、做出讓事態發展至此的安排。」

說著，清霞從口袋裡亮出一張紙片。

寫在上頭的，是鶴木新這個名字、以及八成是「鶴木貿易」所在的地址。而紙片的背面，則寫下了「薄刃」兩個字。

「這東西掉在我家裡。這是你昨天踏進我家時，偷偷塞在美世身上的吧？過去，我曾委託情報販子調查名為『澄美』的女學生。在結果報告中，我看到了『鶴木澄美』這個名字。之後，我委託他對鶴木家進行更進一步的調查，然後發現在二十年前左右，鶴木家曾向齋森家收受一筆鉅款的紀錄。不過，這個紀錄想必是為了像這樣引誘我主動找上門來，才刻意讓我們查到的吧？」

「你的意思是？」

面對裝傻的新，清霞淡淡地繼續往下說：

「根據我至今為止的調查，出身鶴木家的這個『澄美』因病過世的時期，幾乎跟鶴木家式微的時期重疊。當時的鶴木家，因為面臨家系存亡的危機，無力再去治療女兒的疾病，只能就這樣讓她病逝——倘若是這麼一回事的話，就算查不到醫療機構的相關資料，也不足為奇，沒有什麼特別可疑之處。為此，有一段期間，相關調查完全沒有進展……不過，到了昨天，情報販子突然說他掌握到了最新情報，然後帶著金援紀錄的資料來找我。不管怎麼想，這一切都太湊巧了。除此之外，鶴木貿易的營運危機、『鶴木澄美』病逝、齋森家對鶴木家的金援、以及讓『薄刃澄美』嫁到齋森家的安排。這一連串的事情，幾乎是在短期內接二連三發生。只要掌握到這些情報，要推測就很容易了，而這張紙片，又成了最後的關鍵。」

「哈哈，真不愧是久堂少校。你能順利推敲出結果，我覺得很開心呢。畢竟，站在我們的立場，也沒辦法太悠哉地單方面等你找上門。因為不知道你會不會發現那張紙片，我原本還打算再去值勤所拜訪你幾次呢。」

又補上一句「你幫了我大忙喔」之後，新輕輕吐出一口氣。

但清霞只是怒瞪著這樣的他，現場的氣氛也跟著凍結。

「請別露出這麼可怕的表情嘛……誠如你所言，美世小姐確實具備異能。而且還是一種格外棘手、強大——同時也極其貴重的異能。」

因為過於震撼，美世覺得幾乎要昏厥過去。

她擁有異能?不對，這不可能。因為她沒有見鬼之才，沒有見鬼之才的人，不可能覺醒成為異能者。正因如此，待在齋森家的那段期間，她才會一直受到鄙夷。異能在其他人、甚至連自己都渾然不覺的狀態下覺醒，是不可能發生的事情。

可是，倘若自己真的擁有異能……這樣的話，至今的這段人生到底——

在美世茫然自失的時候，看到朝自己使眼色的新，義浪雙手抱胸，接著他的話往下說。

「我們的目的只有一個。」

臉上滿布皺紋的他，以嚴肅神情這麼開口。

「久堂清霞，我們希望你能把美世交還給薄刃家。」

美世的雙眼緩緩瞪大。

（為什麼——）

所謂的晴天霹靂，一定就是自己此刻的感受吧。

宛如晴朗藍天突然響起雷鳴那般令人震驚，而且還響了好幾次。

違反自己的意志、卻又和自己密切相關的事情，接二連三地曝光、逕自發展、然後成為既定事實。將震驚不已的美世本人獨留在原地。

光是按捺住想要大喊出聲的衝動，便耗盡了美世所有力氣。

『……聽到這句話的我，覺得他怎麼可以這樣自作主張，因此相當生氣——』

啊啊，聽到丈夫擅自決定要離婚時，葉月說不定就是現在這種心情吧。

美世的腦袋早已一片空白，完全無法理解現在的狀況發展。

從昨天開始，她的心情便一直為他人的發言而劇烈起伏。

再加上，她今天毫無預警地被帶來這個地方、聽到他人說這裡是自己生母的老家。而這些人還在無憑無據的狀況下，以美世具備異能一事為前提進行對話。到最後，甚至把她視為東西那樣提出交易的要求。

連自己該為此感到憤慨還是悲傷都不知道的美世，除了啞口無言以外，無法做出其他反應。

而且，她的未婚夫似乎早已知曉這一切。

「我就知道你們會這麼說，因為美世的異能，想必具備了薄刃的特徵……也就是能對他人的精神產生作用。但就算這樣，你們以為我會輕易答應嗎？」

「的確，你八成不是會輕易答應這種事的人吧。以權力或金錢來懷柔，也沒有意義。」

「既然這樣──」

「對我們而言，美世的異能極為特別，所以薄刃家也不打算讓步。」

義浪的語氣透露出不容辯駁的魄力。

他──亦即薄刃家的立場相當堅定，絕不會動搖──義浪展現出這樣的意志，試圖讓清霞退縮。

「美世所擁有的，是『夢見之力』。對進入睡眠狀態的人來說，是一種萬能的力量。在薄刃的異能當中，也被譽為是格外強大的一種力量。」

雖然不知道夢見之力是什麼，但「夢」這樣的詞彙，讓美世聯想到持續困擾著自己的惡夢。

「在薄刃一族漫長的歷史當中，擁有夢見之力的異能者，向來僅限於女性。擁有夢見之力的人，能夠進入包含自己在內的人類的睡眠之中，然後操作夢境。只要對象不是完全不會入眠的人，無論再怎麼強大，都能以夢見之力控制他的精神，甚至加以洗腦。此外，依據異能持有者本身的資質，還可以在夢中一窺過去、現在或未來的全貌。換句話說，這樣的力量，有可能凌駕於天皇的天啟之上……倘若這樣的異能不是最強大的，那什麼才是？」

聽著義浪所道出的內容，美世只覺得這彷彿是屬於某個遙遠世界的傳說。像個過度吹噓、缺乏真實性的天方夜譚。

萬能，強大。

美世實在無法想像自己的體內沉睡著足以被這樣大力吹捧的能力。

來自其他人口中的、和自己無關的事情——無論實情為何，美世本人的理解，終究僅限於這種程度。

但清霞似乎並非如此。

「這般強大的異能……真的存在嗎？」

不知道是不是多心，以茫然的表情輕聲這麼問的清霞，臉色看起來有些蒼白。

「當然存在，正因如此，我們才無法輕易在人前拋頭露臉。要是光明正大施展這種力量，只會被他人視為威脅。過於強大的力量，總會招致混亂或紛爭。」

「所以，你們想要把美世安置在薄刃家管理？」

「你試想一下吧。看到未婚妻無法控制自身的異能，並因此飽受惡夢折磨時，待在她身邊的你，卻無法解決任何問題。跟這樣的男人在一起，美世會幸福嗎？在這個家裡，跟明白前因後果、同時也具備相關異能知識的族人待在一起，很明顯是比較妥當的做法。更何況——」

「……」

「吾等薄刃家，並不樂意將這樣的異能血脈交給其他家系。」

清霞會做出什麼樣的結論呢？

（我……）

若是前幾天的美世，想必會主動開口表示自己並不打算回歸薄刃家。美世壓根不打算離開清霞身邊，而後者也接受了她這樣的想法。

但現在呢？倘若清霞拒絕自己，按照美世的立場也只能坦然接受，她愚蠢的行為，辜負了清霞的一片苦心。如果他決定將美世交給薄刃家，除了服從這樣的決定以外，美世不知道還有什麼方法能證明自己的誠意。

「我想問一件事。」

「什麼事？」

清霞沉思了半晌，似乎是在斟酌自己的用字遣詞。

「美世的異能至今都不曾被發掘出來，原因是什麼？」

「我想，恐怕並非沒有被發掘出來，在美世出生沒多久之後，能力或許就被澄美封印起來了吧。我大概能明白澄美不得不這麼做的動機為何。」

義浪接著這麼說明。

從歷代擁有夢見之力的女性異能者的紀錄看來，這樣的女性約莫每數十年就會出現一人，她們絕對不會在連續的世代中誕生。此外，她們的母親也必定是異能者。

「心電感應的異能。」

所謂的心電感應，是能夠將人們的心互相連結的異能。

無須透過言語或肢體語言，便能夠將腦中的想法或內心感受傳達給他人。

儘管不明白箇中理由、力量強弱也存在個體差異，但夢見的異能者，其生母必定能夠驅使心電感應這種異能。包括澄美在內。

「夢見的異能者已經很長一段時間不曾誕生了。真要說的話，就連異能者的新生兒人數都在逐年減少，擁有心電感應異能的女娃也極為罕見。在這種情況下，符合條件的澄美呱呱落地，讓薄刃一族為之振奮不已。」

即使力量偏弱，澄美仍擁有心電感應的異能。因此，眾人無不期待她產下夢見的異能者後代。雖然沒有人當著她的面如此直言，但據說澄美一直過著壓力相當大的生活。

義浪原本打算讓她和薄刃一族的遠親之中的異能者結婚，藉此多少提升產下夢見的異能者的機率。

「然而，事情進行得並不順利。『鶴木貿易』的營運逐漸走下坡，我們窮困到變得三餐不濟，已經不是能替澄美規劃結婚的狀況了。」

在一家人陷入走頭無路的窘境時，不知道是從哪裡得知消息的齋森家前任當家，以資金援助作為交換條件而上門提親。

「老實說，那個時候，齋森家逐年式微的事實已經顯而易見。老夫不明白他們是從哪兒生出來那筆金援的資金，也不想把自己重要的女兒交給這樣的家族。然而……齋森卻一直死纏爛打、執拗地想要得到澄美。」

為生活所苦的一家人，以及堅持除了澄美以外，不接受其他女性的齋森家。

最後，為了拯救自己的家人，澄美不顧義浪的反對而嫁到齋森家。

或許是回想起當時的情況了吧，義浪原本嚴肅凝重的表情，因為悲痛而變得扭曲。

「既然那麼想得到澄美，齋森家的前任當家，恐怕是對夢見之力有一定的理解。這種情況下，要是擁有夢見之力的女娃真的誕生了，想必會被齋森家徹底利用，無法奢求和一般人無異的幸福人生——從年幼時期，就承受著過度期待的澄美本人，對這樣的事實再清楚不過。」

——因此，她才會封印美世的異能，將她包裝成一個不具有異能的孩子。

聽完外祖父這番話，美世完全不知道該說什麼才好。

（我一直都是孤單一人……）

她似乎模糊地能夠理解母親的用心良苦。搬到清霞家中沒多久之後，她便作了和母親相關的夢，那個夢境、那段過去的記憶，跟母親的想法也是一致的。

然而，母親這樣的行動，卻讓美世在她死後瞬間失去存在價值，造就了美世那段辛酸痛苦的體驗。關於這點，美世仍感到無法諒解。

倘若美世真的擁有異能、而母親也沒有封印她的能力的話，她是否就會被好好疼愛了呢？這樣一來，她或許就無須對香耶懷抱自卑感、也能跟繼母或父親建立起更理想的親子關係……跟他們像一家人那樣相處。

事到如今，就算試想這些也毫無意義，但美世仍忍不住開始想像這個有可能曾經存在的幸福人生。

例如，她或許有機會成為像葉月那樣迷人完美的女性，而不是現在這個愚蠢的自己。美世思考著這樣的可能性。

宛如瀰漫的霧氣那樣，持續在內心落下、堆積的漆黑而醜陋的負面情感，現在不斷湧出。

「封印的關鍵，或許就存在於齋森家的領地內部。隨著施術者死亡，封印也逐年劣化，再加上美世又離開了齋森家，導致封印的力量愈來愈微弱、終至消失。」

「原來如此。說穿了，就是你們明知美世可能擁有夢見之力，但卻被早已過世的齋森澄美的封印混淆了判斷，因此沒能將她從齋森家救回來？」

聽到清霞毫不留情地指出薄刃家的失誤，義浪以悔恨交加的表情表示「沒錯」。

「齋森美世沒有異能——無論我們調查多少次，最後都得出這樣的結論。這樣一來，就不至於讓夢見之力流落到其他家系手中了，我們為此感到安心不已。站在薄刃家的立場，既然必須繼續像這樣隱居下去，我們就得極力避免和外部接觸。因此，我們放棄介入，選擇讓美世留置在齋森家。」

「結果，到了現在，你們竟然還好意思無視美世本人的意志，要求我把她還給薄刃家？別開玩笑了！」

「那麼，久堂少校，你又如何呢？」

新收起笑容，以平靜的嗓音這麼插嘴。

他的雙眼透出強烈的光芒，平常讓他看起來人畜無害的那張面具，已經開始從臉上剝落。

「你就能夠守護美世小姐嗎？跟齋森家之間的那場騷動中，你輕易讓美世小姐被他們擄走，還讓她受了傷。這次，也沒能阻止她因為異能失控而反覆出現的惡夢，只是讓她不斷受苦。這樣，你還能說自己有好好守護她嗎？」

「……」

「美世小姐，妳怎麼想？」

突然被新這麼問，美世一時不知道該如何回答。

現在，她仍想繼續待在清霞身邊，然而，倘若清霞不願意，她也只能打消這樣的念頭。因為讓他感到嫌惡的人正是自己。

清霞看起來不打算答應將美世交給薄刃家的要求。然而，他本人怎麼看待美世，又是另外一個問題。

「我會服從老爺的決定。」

「妳自己有什麼想法？」

（要是在這裡說出「我想待在老爺身邊」這種話，會讓老爺無法拋開我的。）

無謂的主張，只會成為清霞的阻礙，既然這樣——

「我……無論哪一邊都可以。」

美世扼殺自己的想法，筆直地望著新這麼回答——完全沒有察覺到身旁的清霞瞪大雙眼、止住呼吸的反應。

「這樣的話……久堂少校，再繼續討論下去，雙方的想法也只會是兩條平行線。我們乾脆公平地一分勝負，贏的人就能得到美世小姐，你看怎麼樣？」

新以爽朗的笑容這麼提議。

「無妨。」

清霞淡淡允諾了新缺乏常識的提議，美世無法轉頭望向這樣的他。

（我沒有開口問「為什麼？」的權利……）

她擱在腿上的雙手，緊緊握拳到幾乎要滲血的程度。

「謝謝你。那麼，就像個男人，來比試一下誰的力量比較強如何？」

新異常快活的嗓音從美世耳畔飄過，而義浪似乎是決定採取旁觀的態度，並沒有多說什麼。

清霞起身，然後朝外頭走去。他一步步遠離的背影，看起來竟是如此地遙不可及。

「老爺——」

自己是希望清霞回頭、還是想留住他呢……美世懷著亂成一團的心情，開口呼喚清霞。但他既沒有回頭，也沒有停下腳步。

被清霞無視的她，內心湧現的情感並非絕望。

（愚蠢、遲鈍而無藥可救的我……）

此刻，或許已經沒有任何價值了——

跟鶴木家的宅邸相較之下，外頭的庭院顯得格外寬廣。這裡的地面全都鋪滿碎石子，看不到幾棵樹，看起來單調到彷彿是為了戰鬥而打造出來的場地。

義浪雙手抱胸站在美世身旁，眺望著準備一較高下的兩人。

「這場對決可以使用武器和異能，不過，禁止大範圍地施展足以破壞房舍、或是讓房舍起火的強力異能。」

「明白了。」

美世所在之處，可以隱約聽到兩人的對話內容。

這天，清霞沒有攜帶那把他平常都會佩帶在身上的西式軍刀。不過，看到他抽出藏在身上的脇差(註1)，新感到有些吃驚。

「嗚哇啊～你總是隨身攜帶這麼危險的東西嗎？」

「這是護身用的。」

「我放心了，看來不需要對你手下留情嘍。」

新掏出一把左輪手槍這麼表示。

即使是美世這種外行人，也能一眼看出這場戰鬥誰處於下風。

清霞抽刀，擺出備戰的架勢，而新只是握著手中的槍，臉上一如往常地帶著笑意。

「雖說不算準備萬全的狀態，不過，有幸跟對異特務小隊的隊長交手，我覺得很開心呢。那麼，你隨時都可以動手喔，久堂少校。」

「我會的。」

坦率接受新的挑釁之後，清霞朝地面一蹬，先使出一記劈砍。新一派輕鬆地閃過了這一刀。

註1：長度在三十～六十公分之間的單手用刀。

之後的驚人攻防，美世看得是一頭霧水。

感覺彷彿是連續揮刀劈砍的清霞占上風，然而，新卻巧妙地閃過他的所有攻擊。不知為何，清霞的每一刀，看起來都無法觸及新的一根手指。

（咦？）

此刻，新突然變成兩個人。

他的本尊和分身開始各自採取行動。

下個瞬間，一陣清脆的「砰！」的巨響傳來，清霞被擊中的右上臂濺出鮮血。

「噫！」

美世的腦袋變得一片空白。

（老爺他……老爺他……）

被擊中了！被子彈擊中，然後不停流血。

美世感覺整顆心涼了半截，幾乎要昏厥過去。因為，這是誰的錯？是誰害得狀況發展至這步田地？

（全都是因為我……）

茫然不已的她，下意識地想要趕往清霞身邊，卻被義浪揪住手臂制止。

新的嗓音傳入耳中。

「哎呀，射偏了嗎？我原本是瞄準刀柄呢。」

「……」

趁著清霞因負傷而露出破綻時，新又補上一槍，但這一槍被清霞以結界擋了下來。

「可惡！」

「如何？你是不是開始無法相信自己的雙眼了？」

在這種情況下，那兩人竟然還能泰然自若地對話，這讓美世感到難以置信。

不知何時溢出的淚水，模糊了她的視野，內心也被後悔和恐懼之情填滿。

（老爺，對不起……）

清霞維持著舉起脇差的姿勢，將異能的電流注入刀身。

「雷電的異能啊？就是要這樣才有趣呢。」

面對露出好戰的欣喜笑容的新，清霞朝他靠近，然後揮下帶著電流的刀。

看起來像是再次分身——以幻覺打造出來的另一個新，被清霞的刀砍中後瞬間如霧般散開。同時，清霞將聚集在刀身上的電流朝周遭釋放，幾道閃光從空中劃過。

「好燙！」

其中一道閃光微微掠過新的身體，伴隨滋滋聲而迸裂出來的電流分子，就連美世都看得到。

雖然不是完全被這道電流擊中，但新也並非毫髮無傷。表情變得扭曲的他，手腕上出現一道鮮紅的燒傷痕跡。

一道道帶電的光芒，在脇差的刀身上四處流竄。

「真是的，沒看過能這麼快就明白怎麼對付幻覺的人耶。」

痛得眼眶泛淚的新這麼輕喃。

「是你鍛鍊不足。這種程度的伎倆，我的小隊裡也有好幾個人做得到。」

「看起來似乎是這樣呢。」

「要投降了嗎？」

「不，怎麼會呢？我還要再奮戰一下。」

稍微拭去額頭上的汗水後，清霞再次舉起脇差。

「喝！」

在新這麼喊出聲之後，好幾個幻覺形成的分身跟著出現。這次的數量相當多，乍看之下幾乎有二十人。

即使站在遠處，也能看出這些分身以完全相同的容貌、帶著完全相同的笑容佇立著。這樣的光景，簡直詭異到令人不適。

「好啦，我的本尊是哪一個呢？」

「無聊！」

清霞釋放出宛如盤旋飛龍般的烈焰漩渦，朝有著相同臉孔的集團釋放出去。然而，他只看到幻覺打造出來的分身一個接一個消失。

這時，其中一名新迅速繞到清霞背後。察覺到這一點的清霞，以異能製造出一團火球，準備朝自己的身後扔出去時——

（咦？）

新變成了美世。

此刻的美世本尊，頭痛變得愈來愈劇烈。徹底陷入混亂的她，已經完全搞不清楚眼前發生了什麼事。

在那裡跟清霞對峙的人物，無庸置疑是自己。無論是長相、體型、甚至是符合夏日風情的一襲淺藍色和服，都和本尊如出一轍。

（是……幻覺？）

——砰！

第三次的槍響。

子彈準確命中脇差的刀柄，將之從清霞手中彈飛。脇差在清霞伸手無法觸及之處落地，他本人也因為這股衝擊和手腕傳來的劇痛而痛苦呻吟。

（拜託住手……）

不對的人是美世，所以——

溫熱的液體不斷從臉頰往下滑落。

「是我贏了。」

新將槍口對準清霞的腦袋。

（不行，老爺……）

不要開槍，不要殺他。

「真意外啊，沒想到你會為那種膚淺的騙術動搖。」

清霞將目光從新透露出嘲諷的臉上移開，他方才被子彈擊中的右手臂，至今仍不停滲出鮮血。

「不過，就算輸給我，你也沒有必要引以為恥喔。打從一開始，這樣的結果就已經確定了。跟其他異能者交手時，薄刃一族絕對不會輸。也就是說，這個結果，不過是一種符合規範和期望的前定和諧。」

「……」

「你確實很強，不過，守護美世小姐是我的職責。」

清霞垂下頭，他扭曲的表情，看起來泫然欲泣。

好痛苦、好難受、好擔心。這已經是美世的極限了。

「老爺！」

她甩開義浪揪著自己的手，拔腿衝往清霞身邊。就在她的手即將觸及清霞不自覺伸出來的、沾滿鮮血的那隻手時——

兩人的手還沒有碰到彼此，新便一把抓住美世的肩頭，讓她因此踉蹌了幾步。

「請不要露出這樣的表情，美世小姐。約定就是約定。妳將由我們薄刃家負責守護……至於久堂少校，你請回吧。另外，對異特務小隊今後的業務，想必會變得更加忙碌。還請你繼續努力嘍。」

淚水遲遲無法止住，這一切的一切，明明都是美世的錯才對。沒能信賴清霞的自己、讓他身受這般重傷的自己，都讓美世無法原諒。

或許是因為淚水模糊了視線，清霞的身影跟著變得朦朧。

「美世！」

雖然好像聽到清霞呼喚自己，但同時，一切的人事物都被扭曲的空間吸入，然後消失。

◇◇◇

像是被薄刃家的結界彈出去那樣遭受強制驅離的清霞，在失魂落魄的狀態下返家——什麼都沒有力氣做，就這樣待到天明。

（沒有其他人在的這個家，原來這麼冰冷嗎？）

在決鬥時輸給新的光景，一而再、再而三地在他的腦中上演。那時如果那麼做、或是這麼做的話——不禁開始這麼思考的他，在中途發現這樣的假設毫無意義可言。

至今，他仍不覺得自己的主張有錯。薄刃家的那兩人所提出的要求，到頭來只是一種自私自利，他們根本和盯上美世的異能的齋森家沒有兩樣。嘴上說會守護她，實際上卻是以自身的想法為優先。

正因如此，清霞更不能輸。

清霞不吃不喝，只是任憑自己沉浸於深深的懊悔之中。只要平靜地閉上雙眼，美世哭泣的臉龐便會浮現在他眼前。

片刻後，為了替美世上課而來訪的葉月的尖叫聲傳入耳中。

「清霞！等一下，你這是怎麼了呀！」

看到姊姊圓睜雙眼這麼逼問，清霞不得已向她解釋了事情經過。他只是淡淡地陳述事實，對於自己的感受隻字不提。

說明完畢後，一個巴掌猛地打了過來。

葉月氣得渾身發抖，連表情都變得橫眉豎眼。

「你打輸了，所以就這樣垂頭喪氣地回來？真是難以置信！」

「……」

「你倒是說些什麼呀！身為姊姊，我覺得丟臉到快要哭出來了呢。」

葉月以有些粗暴的動作捲起清霞的襯衫衣袖，盯著他上臂的傷口瞧。

雖然流出來的血已經乾涸，但尚未施以任何治療處置的傷口，仍是紅腫發熱的狀態。

「竟然受了這麼重的傷，我記得大家都說你很強才對呀？」

「！」

葉月伸手擰住清霞傷口附近的部分，一陣劇痛跟著湧現。傷口本身並不深，但是包含了燒傷、擦傷和割傷，令人不忍卒睹。

葉月將手擱在清霞的傷口上方，然後閉上雙眼。

下一刻，泛著淡淡光芒、看似光球的東西，從她的掌心輕飄飄地浮現，然後融入清霞的傷口，在轉眼間使其癒合。

葉月擁有的是治療的異能。

無論是什麼樣的傷勢，她都能在一瞬間使其痊癒，但無法治療疾病或化解毒素。比起久堂家，這種異能比較常見於清霞和葉月母系的族人身上。

「抱歉。」

「不對喲，你這個笨蛋弟弟，誰要你道歉啦。馬上去把美世妹妹接回來。」

說著，葉月又補上一句「我可是為了這個，才替你療傷呢」，然後帶著宛如厲鬼的表情，往清霞剛痊癒的傷口上拍了一下。

「我不可能去接她。」

「為什麼？」

「我在那場決鬥中輸了，我沒有把她帶回來的資格。」

那是一場光明正大的決鬥，在勝負分曉之後對結果提出異議，是不該有的行為。

更重要的是，清霞沒有勇氣再看到美世。

對於美世沒有選擇自己一事，清霞受傷的程度，似乎比他想像的更為嚴重。當初那樣逼問她、責備她的人，明明就是自己。

就在清霞無力垂下頭的時候，葉月的拳頭狠狠落在他的腦門上方。

「好痛！」

「傻瓜。我說啊，你這種沒用的男人的想法一點都不重要。但是再這樣下去，美世妹妹就太可憐了呀。」

「美世說，無論待在這裡、或是待在薄刃家，她都無所謂。」

「傻瓜！」

葉月的拳頭再次落下，雖然力道並不算強，仍讓清霞的腦袋隱隱作痛。

「你仔細想想看吧。那孩子會因為被你責罵，就賭氣說出這種話嗎？真要說的話，她會因為這樣就生你的氣嗎？」

「我……」

「如果是美世妹妹，不管怎麼想，她一定都只會覺得自責而已呀，她會覺得是沒能察覺到你的心情的自己不對。」

帶著一臉快要哭出來的表情，不停過度地責備自己──清霞可以輕易想像出這樣的美世。

「那孩子十分缺乏自信，這點你也很清楚吧？在她的認知裡，無論自己多麼渴望留在你身邊，若是你不願回過頭來看著她，一切就結束了。所以，為了讓自己被你所需要，她才會那麼努力琢磨、提昇自己。」

「……」

「至於沒辦法找你商量作惡夢的事情，這不是理所當然的嗎？更別說是我或由里江了。畢竟，美世妹妹過去沒有半個可以依靠的人呀。」

葉月說的全都沒錯，清霞完全無法回嘴。

來到這個家之後，美世終於學會表達自己的想法、也體會到被旁人關懷的溫暖。以往，一直不被任何人放在眼中、甚至連自己也無法相信的她，內心從不存在「仰賴別人」這樣的選項。

清霞所能夠做的，只有從一開始就真心為美世著想、不斷溫暖她孤獨的內心而已。這樣的道理，他理應早就明白了才對。

「果然是我做錯了嗎……」

「現在沒時間讓你愣在這裡了，這些有的沒的之後再來思考！你趕快去美世妹妹身邊──」

至此，葉月突然噤聲。

因為她感覺到有什麼闖入了這個家的結界內部，當然，清霞也立刻察覺到了。

一張剪裁成人型的紙片，從窗外緩緩飄了進來，軀幹部分有著對異特務小隊的捺印。看起來是五道派遣過來的式神。

這個式神先是扭轉了一下身子，接著開始顫抖。下一刻，不同於平常懶洋洋的語氣，五道急迫的嗓音在室內傳開來。

『隊長，聽到這段傳話之後，請您馬上趕來值勤所！緊急事件發生了！』

五道單方面的聯絡至此中斷。

看樣子，他似乎連打電話聯絡的餘力都沒有。會讓五道表現得如此急切，事態恐怕相當嚴重。

（偏偏在這種關頭——）

我想去接美世，必須把她接回來才行。就在清霞這麼轉念的時候。

該以何者優先？不用多做思考，清霞的內心早已有了答案。面對自己這樣的反應，他不禁露出苦笑。

「或許，我果然是個冷淡的人吧。」

冷酷無情——此刻，清霞打算做出的，是個讓他即使被別人這麼指責，也無可奈何的決定。

若是錯過這個機會，他恐怕會失去美世。現在不馬上去把她接回來的話，她一定會徹底被薄刃家搶走，儘管如此——

「別老是說些傻話，要去忙工作的話，就早點出門、早點回來。」

「……姊姊。」

「什麼事？我可是站在美世妹妹那邊的喲，不要期待我會說什麼溫柔的話鼓勵你。」

看到葉月冷冷地別過臉去，清霞嘆了一口氣，回到自己房間換下弄髒的襯衫。

套上熟悉不已的軍裝後，他的大腦已經切換成工作模式的狀態。

清霞並非要放棄美世，也不是把工作看得比她更重要。

只是，倘若在這裡拋下職責不管，他總覺得自己真的會失去一切。

「自己多小心喲。受傷的話，我還能幫你治療，但要是你發生什麼不測，美世妹妹會很傷心的。」

「我明白。」

「你真是個一點都不可愛的弟弟！」

雖然嘴上憤憤不平地這麼說，但葉月仍來到玄關送清霞出門。

沒錯，一切並非已經來不及了。

解決所有棘手的問題後，清霞必定會帶著毫無後顧之憂的心情，去把美世接回這個家裡。

之前，清霞都沒能徹底明白，有美世在這個家裡等著自己回來，是多麼令人感到平靜、放心的一件事。沒有她在的話，這個家就不再是清霞的歸屬之處。

「我絕對會把一切都找回來。」

包含美世在內的一切。

◇◇◇

對一般人來說，待在薄刃家的日子，想必是十分舒適的；然而，對美世而言，卻不是這麼一回事。

薄刃家提供了一間位於二樓的西式房間給她使用。深藍色的高級地毯、以及色調偏黃、不會過於刺眼的米白色牆壁。裡頭的家具雖然全都是木造材質，但從精細的做工設計看來，應該是來自海外的製品。擦拭得亮晶晶的玻璃製燈具照亮著室內，醞釀出令人感到放心的寧靜氛圍。

薄刃家一樓的房間，大多是鋪著榻榻米的和室，但二樓的裝潢家具則統一走西式風格。坐在椅子上、睡在鋪著床墊的床架上──對美世而言，這些都是相當陌生的習慣。

原本以為待在這個家裡，會有什麼專屬於自己的職責，但似乎也並非如此。旁人反而只是告訴她「妳什麼都不用做」。這個家裡雇用的一兩名幫傭，把所有的家事都做得盡善盡美，讓美世完全沒有上場的機會。

什麼都不能做，只能靜靜待著的生活，令人倍感憂鬱。

早上起床，盥洗更衣後，一個人待在房裡吃早餐。幫傭為她端來的餐點，基本上都是西式料理。

早餐的菜色大概是麵包加上炒蛋、燻肉和起司等配菜，以及加入大量蔬菜的湯品、還有水果。中餐跟晚餐，則是加了牛奶煮成的西式粥品、或是香煎、燉煮的肉類餐點。無論香氣或口感，都給人十分美味的感覺。然而，美世實在沒有什麼食欲，也嘗不出餐點的滋味。

在用餐時間一點一滴流逝後，她就開始發呆。不斷重複這樣的行為後，一天就在不知不覺中過去了。

不可思議的是，待在薄刃家的時候，美世完全不會作惡夢。因此，就連睡眠，感覺都成了茫然流逝的時間的一部分。

「妳看起來心不在焉的呢，美世。」

不知何時，新捨去「小姐」這樣的稱謂，開始以名字直接稱呼美世。

在美世因無事可做而茫然發呆的時候，新前來擔任她的聊天對象。對於這樣的他，美世並沒有什麼特別的想法，但總有種格格不入的異樣感。

隔著桌子坐在美世對面的新，除了有著一張清秀的面容以外，臉上也總是掛著微笑。想必有許多女性都會把他視為理想中的對象吧。因此，美世不明白新像這樣一直留在她身旁、無微不至地照顧她，究竟有什麼意義。

因為美世擁有對薄刃家而言極為重要的夢見之力？

倘若是這樣的話，這是多麼冰冷的一段關係呢。

「妳還在生我的氣嗎？」

美世搖搖頭。

就算把錯怪在新身上，也於事無補。那只是一個契機。美世和清霞之間的關係早已出現裂痕，只是她本人渾然不覺罷了。

「如果不是這樣的話，難道妳不喜歡這個房間嗎？」

「沒有。」

「還是不滿意我們提供的餐點？」

「不是的。」

「啊，我知道了。妳是對服裝有所不滿吧？」

「請問，我原本那件和服……」

「那可不能還給妳呢。」

說著，新優雅地捧起紅茶啜飲。儘管態度很溫和，但回應卻堅決得沒有商量餘地。

在之前的決鬥中輸給新之後，清霞被強行轟了出去，美世也只能就這樣住進薄刃家。

那時，因為清霞負傷的模樣深深烙印在腦海中，滿心擔憂和不安的美世不停地流淚，所以不太記得當下的事情。回過神來的時候，她發現自己呆滯地待在這個房間裡，而外頭已是一片漆黑的夜色。幫傭拿來給她的替換衣物，是類似神社巫女所穿著的白衣緋袴，美世換下來的和服，則是被她們收走之後，就遲遲沒有歸還。

至於讓她換上巫女服的原因，似乎是因為持有夢見之力的異能者，過去都被人們稱為「夢見的巫女」的緣故。基於這點，至今，薄刃家依舊遵循讓夢見的異能者穿著巫女服的習俗。

『當然，要是本人拒絕，我們也不會勉強。只是，我實在不清楚妳喜歡什麼樣的服裝，所以……』

看著新一臉愧疚地這麼說，美世也不想再埋怨他什麼。更何況，如果不能穿上那件清霞買給自己的和服，不管要換穿什麼樣的服裝，她都覺得無所謂了。

「傷腦筋耶。要怎麼做，才能讓妳感到滿足呢？」

「……」

美世沉默地望著木頭桌面上的紋理。

這不是滿足或不滿足的問題。

打從目睹清霞和新對決、又因此受傷的身影後，美世便一直後悔著。後悔她隱瞞自己的心意，沒有從兩人之中做出選擇的行為。

回想起來，清霞一直都願意接受、包容這樣的她。

幾個月前，他收留了以訂定婚約為目的而來訪的美世，讓她見識到世界原來是如此寬廣，給了她好多好多禮物。在美世被擄回齋森家時，清霞還特地趕來救她。現在，又為了這樣的她負傷戰鬥。

她為什麼沒能相信這樣的他呢？

（我真的是愚蠢到無以復加的程度呢。）

現在才明白這些，想必也為時已晚。可是……

「我想再和老爺說一次話。」

「為什麼？」

「因為，我覺得自己錯得太離譜了。所以，我想好好向他道歉，然後——」

「然後？然後離開這裡，是嗎？」

新的雙眸透露出冰冷的光芒。

美世不禁將還沒說完的話嚥回喉頭。

「我們可不會允許。妳知道我們……不，應該說我是多麼引頸期盼妳回歸薄刃家嗎？妳知道我現在覺得多麼幸福嗎？」

「請問，您為什麼會這麼……」

「我想要守護妳，我想跟妳一起撐起這個家，一起肩負起薄刃的義務。」

「薄刃的……義務？」

儘管平靜，卻蘊含著激情的新的發言和眼神，刺進了美世內心。他堅毅的決心，從這些地方表現出來。

「薄刃家的異能，以能夠影響人心為共通的特徵。這個妳知道嗎？」

「不知道。」

「在薄刃家出生的異能者，擁有的清一色都是能干擾他人的精神或大腦的異能。妳的夢見之力是如此，而我能操作幻覺的能力亦是如此。奪取他人的意識、竄改他人的記憶……相關的異能形形色色，但都是僅限我們薄刃家的異能者才會有的特徵。」

「我……大概能夠理解。」

雖然難以置信，但異能就是能夠讓一般的不可能化為可能的力量。在經歷每晚惡夢纏身的異常事態、以及目睹清霞被幻覺騙得團團轉的光景後，美世也只能選擇相信。

「那麼，妳明白為何只有薄刃家能夠繼承這樣的力量嗎？」

「完全不明白。」

很遺憾的，憑美世貧瘠的思考能力和知識，壓根無法推敲出原因。

看到她輕輕搖頭，新露出苦笑。

「一般的異能，是用來打倒異形的能力。雖然有時也會在戰爭中使用，但基本上都是用於驅除惡鬼或怨靈——亦即會加害於人類的異形。另一方面，薄刃的異能，則是一種以人類為對象的能力。不是用來對付異形，而是對付人類的異能。即使對象是異能者，也同樣會有效果。」

多數的異能者，都肩負著剷除會危害人類的異形的職責。因為只有異能才可以確實擊潰異形，所以，異能者是絕對必要的存在。

既然這樣，薄刃家的職責又是什麼？

能夠隨心所欲地、輕易地操縱他人的一族，肩負著什麼樣的職責？

「是……用異能來對他人做什麼嗎？」

「差了一點。不是對『他人』，而是對『其他異能者』。」

對異能者施展異能，美世沒能馬上理解這句話的意思。

「我們的職責，是在情況危急時阻止其他異能者。對於力量強大到足以摧毀一切的異能者——我們是抑制他們的力量。」

「抑制的……力量……」

「沒錯。也就是說，薄刃的異能，是用來打倒異能者的異能。」

此時，美世腦中的情報終於統統串連在一起。

新繼續往下說：

「假設現在有個擁有火系異能的異能者，因為一些私人恩怨，打算放火燒掉某個城鎮。事前察覺到這件事的政府，派遣了擁有水系異能的異能者前往應對。可是，如果那個火系異能者的力量比水系異能者更強大呢？若是水系異能者無力壓制對方，最後就只能眼睜睜看著城鎮被大火吞噬。因此，必須有一個專門負責對付失控異能者、相關能力也格外突出的存在。」

「專門負責對付異能者……」

「這樣一來，事情就說得通了吧？妳似乎沒有見鬼之才，但是在薄刃家，沒有見鬼之才的異能者並不少見。」

美世恍然大悟地望向新的臉。

「因為薄刃家的異能者不需要看見異形？」

「就是這麼一回事。然而，雖說我們擁有壓制異能者的力量，但得知我們擁有這股力量的人，或許又會追求能夠阻止我們的、更為強大的力量。這樣下去會沒完沒了，於是，薄刃家訂下了極為嚴格的家規。一族的成員一直嚴守紀律，對於違反規定者的處罰也相當嚴厲。」

選擇隱姓埋名、無聲無息地過日子，也是為了用這種不自由的生活來自我束縛，展現薄刃家不會叛變的忠誠心。透過這樣的方式，來表示一族絕不會在人前拋頭露面，也會絕對服從天皇、徹底盡到自身職責的決心。

不過，除了薄刃家以外，其他異能者基本上對天皇或帝國都是忠貞不二。畢竟，要是少了天皇的庇護，異能者可能就會瞬間從守護帝國的英雄淪為異端分子。在科技日新月異、導致異形和異能者的存在開始受到否定的現在，這方面的問題更是讓異能者們人人自危。

也因為這樣，能夠讓薄刃家盡到職責的機會驟減。

「我們嚴格遵守祖先制訂的的家規至今，不得告訴他人自己真正的姓氏、不得在外使用異能、只能跟同族的人結婚、不得結交親近的朋友或戀人、不得在未經許可的狀態下購買昂貴的物品、不得在自宅以外的地方飲酒。這只是其中一部分而已呢，還有很多各式各樣的規定。」

「這麼嚴格……」

「是的。不過，在被認定已經能夠獨當一面之後，我還不曾以薄刃家成員的身分執行過任務。事件幾乎都是被對異特務小隊或久堂家那種強大的家系解決，薄刃家完全沒有表現的機會。如果這樣持續下去的話，無論再怎麼嚴守家規、謹慎低調地過日子，都毫無意義可言。」

「……」

「我想要職責。我的、僅屬於我的職責。」

以像是在壓抑某種情緒的低沉嗓音這麼開口的表哥，在至今為止的人生當中，想必默默承受了很多吧──美世這麼想著。

能夠在決鬥時壓制住清霞，是新經過嚴苛修練、不斷努力的成果。然而，在這樣的努力成果無法發揮、也不被需要的情況下，只能繼續過著被嚴格家規束縛的每一天，是多麼令人不甘的事情呢。

美世完全無法想像。儘管如此，她能明白新是在懷抱強烈無力感的狀態下，一路走到今天。

「薄刃家的家規之中，有一條規定是『倘若夢見的異能者誕生，所有族人必須一起守護她、在她的身旁支撐她。』而實際上，我們代代相傳的做法，是從族人之中挑選出適合的異能者，片刻不離地陪在夢見異能者的身邊照顧她，同時賭上自己的性命守護她。」

「！」

「現在，負責這項工作的人應該就是我了……其中，或許也包含成為妳的伴侶。」

這個出乎意料的震撼，讓美世整個人僵住。

新成為自己的結婚對象，她壓根沒有想過這樣的可能性。

她感覺胸口彷彿被什麼哽住那樣痛苦。

（不過，這也是當然的……）

在美世也是異能者的事實曝光後，不結婚這種選項，恐怕是不存在的吧。倘若對象不再是清霞，就會有其他遞補的對象出現。這是理所當然的事情。

「現在，薄刃家的異能者也變得相當稀少。包含所有遠親在內，恐怕還是少得可憐。我的父親也沒有異能。因此，為了學習施展異能的方式，我從小就只能像這樣和祖父一起生活。我想，祖父應該打算讓我和妳成婚。」

「這樣呀。」

「妳之前會飽受惡夢折磨，是因為自己的異能在無意識的情況下失控了。不過，只要妳待在這個家裡，就可以讓特別的結界抑制妳的力量——拜託妳，美世。請妳就這樣留下來吧，我十分樂意守護妳。因為這是只屬於我的使命，我絕對不想把這個職責讓給任何人。就算妳的眼中沒有我也無所謂，請讓我從旁支撐妳、守護妳吧。」

「我……」

眼前這雙灼熱、澄澈而坦率的眸子，讓美世開始動搖。

是不是已經別無他法了呢？

她很想再見清霞一面。見到他之後，她要向他道歉，懇求他給自己一個重新來過的機會，跟他說一切都是因為自己太愚蠢。

然而，美世無法這麼做。聽到她表示「無論哪一邊都可以」之後，清霞或許就判斷美世的心並不在他身上了吧。事到如今，就算再懇求他給自己機會，也只會讓清霞更不信任她。

（完全是我自作自受呢。）

美世在內心如此自嘲。

◇◇◇

為了讓幾乎沸騰的腦袋冷卻下來，新離開了美世的房間。

（我為什麼要說那種……）

想要專屬於自己的職責，這無庸置疑是他的真心話。

他一直渴望以薄刃家異能者的身分，盡到自己應盡的職責。倘若跟異能者戰鬥的必要已經不復存在，那麼，至少讓持有夢見之力的女孩現身吧。

不然，新恐怕會找不到自己的存在價值，會覺得自己永遠無法獨當一面。

不過，他從不曾吐露出這樣的真心話，雖然祖父想必已經察覺到了，但新並沒有主動向他坦白這件事。

（我是樂昏頭了嗎……）

他不禁緊緊握拳。

終於成形的薄刃的夙願，擁有夢見之力的女性……以及「守護她」這個屬於新的另一個職責。

新快步穿越走廊，然後走下樓梯。

這個裝潢十分簡素的宅邸內部，空空蕩蕩到令人無法忍受的程度。沒有人、也沒有東西。外裝看起來雖然很美觀時髦，然而，一旦踏進室內，隨即就會發現這個家裡什麼都沒有。

當年，因為新的年紀還很小，所以連家中變得經濟困窘一事都不記得。不過，他知道以前家裡有更多人、也有更多東西……一切都隨著時代變遷而慢慢消逝，然後在二十年前受到致命一擊。

明白自身所必須肩負的職責時，新覺得自己簡直跟這棟房子一模一樣。

（就算把外表打造得有模有樣，卻沒有內在，也沒有價值……）

「經營貿易公司的鶴木家」這個表面上的身分看起來光鮮亮麗，但名為「薄刃家」的內在，卻是空洞不已。「薄刃家的異能者」這樣的身分，聽起來雖然很了不起，但實際上卻無法從天皇那裡得到任何工作機會，只是個空虛的人類罷了。

不願這種空虛感被他人看穿的新，盡最大的能力打理自己表面上的形象。

討喜的外表、形象和性格，這一切都只是虛有其表的假象，自己也具備他人所需要的特質——這不過是他卑微又小家子氣的自尊心打造出來的幻覺。

表面上的自己愈是完美，新就愈覺得空虛。

（可是，想填補這樣的空虛感，也只有——）

他果然只能仰賴她。

第一次見到名為齋森美世的這個表妹時，新覺得她給人的印象很陰沉。老實說，他甚至湧現了「開什麼玩笑啊」、「饒了我吧」這樣的感想。

因為事先有所期待，他感到格外失望。這種空蕩蕩的家，或許也只適合遭受血緣相繫的家人虐待、因而失去「自我」、跟新同樣宛如一具空殼、同時又陰沉不已的女孩子吧……這樣的心情，他總覺得跟絕望有幾分相似。

不過，那一天。

『請您不要這樣！』

——他很震撼。

面對恣意批評久堂家成員的新，她當面開口反駁了。

儘管身體已經虛弱成那樣，她依舊以堅定的態度表達自己的想法。

（我有即使必須那麼努力，也想要守護的東西嗎？）

思考這個問題時，「沒有」的結論隨即浮現。像自己這般空虛的人，不可能有什麼想守護的東西、或是必須守護的東西。

另一方面，美世又如何呢？

根據調查結果，存在無法受到任何人認同的她，理應跟新同樣是一具活著的空殼才對。在一切的一切都被否定的狀態下活到現在、孤獨不已的女孩子。

然而，美世已經不再是沒有靈魂的空殼了，判斷她跟自己是同類，簡直是天大的誤會。

明白這一點之後，新打從內心羨慕她。

（我果然還是很想要、很想要……這次，我絕對不想放過這個機會、也無法再忍耐下去了。）

能夠滿足他的東西、專屬於他的職責，以及讓他盡到這份職責的女性。

對於這名女性就是美世一事，他現在有幾分感謝。倘若跟不再是一具空殼的她相伴，就沒有互舐傷口的必要，而是可以想像兩人充實光明的未來。

讓動不動就過度亢奮的心情稍微冷靜後，新踏出這個空蕩蕩的家前往公司。

◇◇◇

美世的外祖父義浪來到房裡，以「能占用妳一點時間嗎」朝她搭話。

今天，是美世來到這個家的第四天。

一如往常無事可做，每天只是吃、睡、和新說話的日子，讓她愈發感到空虛。時間感覺也變得曖昧不清，一天彷彿過得極度緩慢、又好像在轉眼之間就消逝。

因為義浪的嗓音而回過神來時，美世吃驚地發現已經是接近正午的時刻了，她總覺得自己剛剛才吃過早餐而已。

看到美世靜靜點頭後，義浪有禮地說了一聲「打擾了」，然後在美世對面的椅子上坐下。這是新慣用的座位。

「不好意思，過了這麼久才來露臉。我應該更早過來和妳談談。」

「不會。」

剛造訪這個家時，義浪給美世極為嚴厲的印象，但現在看上去，就只是個不會給人壓迫感的普通老爺子。他一臉愧疚的模樣，甚至還讓人覺得有幾分靠不住。

「在這裡生活，有沒有什麼不方便之處？」

「沒有。」

「是嗎？有什麼問題的話，儘管跟新說吧。他是個即使必須為了自身的職責——為了妳而奉獻一切，也在所不惜的男人。」

「就算您這麼說，我也沒辦法因此感到開心。」

看到那麼優秀的一名男性為自己盡心盡力，只會讓美世感到更加手足無措而已。對過去總是負責服侍他人的美世而言，這樣的對待反而變成一種重擔。

美世將視線往下，盯著自己放在腿上的手，這麼開口回應義浪的話。

「老夫幾乎已經沒有可以跟妳說的事情了。必要的事情，新大致上應該都已經跟妳提過了吧。老夫能說的，大概只有澄美的事了。」

母親的事……美世不禁這麼輕喃。

她並非對自己的母親不感興趣。只是，在明白母親就是把自己的異能封印住的罪魁禍首之後，美世總覺得心情有些複雜。

「我想請問您一件事情，但不是母親的事。」

「什麼事？」

「那個，我還是想再跟老爺見一次面，這樣的要求，您可以接受嗎？」

美世懷著死馬當活馬醫的心情，把這樣的要求說出口。一如所想，聽到她這麼說之後，義浪垮下臉沉吟起來。

基於鶴木這個對外的形象，薄刃家的當家雖然是新的父親，但實際上的掌權者是義浪。也就是說，他有權利決定如何處置美世。不用說，是否要讓美世和清霞見上一面，同樣取決於他的判斷。

即使原本就不抱期待，從義浪的態度得出結論的美世，仍不禁感到沮喪。

「老夫是覺得讓你們見個面也無妨，但因為某位人物的再三交代，所以實在無法這麼做。更何況，就算讓妳去，恐怕也無法見到久堂少校本人。」

「咦？這是什麼意思？」

「基於天皇的天啟，對異特務小隊接下了一個棘手的任務，他們的成員現在應該正忙得不可開交吧。」

這麼說來，新確實曾經當面告知清霞他之後會變得很忙，原來指的就是這件事嗎？

清霞現在果然很忙碌嗎？家裡還有由里江在，所以就算沒有美世幫忙，應該也不成問題；然而，在最關鍵的時刻，自己卻無法在清霞身旁支持他，這讓美世感到滿心焦躁。

「妳想見那個小伙子到落淚的程度嗎？」

被義浪這麼一說，美世吃驚地觸摸自己的臉頰，發現上頭被溫熱的液體沾濕。

「不、不是這樣的！」

「不然呢？」

「我只是覺得自己總是無能為力，因此感到很難為情。」

聽到美世這麼說，義浪只是點點頭以「是嗎」回應。

眼淚跟美世真正的心情一起源源不絕地湧出。

「在最關鍵的時刻，我總是無能為力，我沒有能在需要的時候可以派上用場的力量……」

無論是異能、或是身為淑女所需的技能都是。因為感到自己各方面的不足、因為渴望這些能力，美世努力伸長自己的手。但為時已晚，在一切都已經來不及的時候，才獲得這些能力，也沒有任何意義了。

打從年幼時期開始，異能一直是美世夢寐以求的東西。但現在，就算明白自己其實擁有異能，她卻一點都開心不起來。清霞說過，即使她沒有異能也無所謂，畢竟不會有需要美世施展異能的時候。即使來到這個薄刃家，美世的能力似乎也不是他們的目標，看似貴重的異能，在這裡卻成了無用之物。

「原來如此，妳跟新有點像啊。」

「咦？」

「你們都不知道該怎麼面對自己，是因為環境跟你們的能力無法相呼應吧。而讓你們遭遇這些的，便是我們這些周遭的人。」

「可是，那個……」

「讓妳受苦了。如果我們能更早調查妳在齋森家遭受著什麼樣的對待，妳也不至於像現在這般苦惱。」

說著，義浪朝美世深深鞠躬致歉。

沒料到他會這麼正式向自己賠罪的美世，一下子不知道該如何是好。

不過，聽到義浪接下來的發言，她的身體自然而然停下動作。

「突然被接來這個家裡，妳恐怕無法馬上適應吧。不過，我們跟妳原本就是血脈相連的一家人。之後，希望妳不要顧慮太多，盡量依賴我們。」

希望妳依賴我們，因為我們是一家人。

美世想起葉月曾經對她說過相同的話，清霞也說過，要她更依賴他、多向他撒嬌。感覺灰暗的內心開始蒙上一層茫茫霧氣，美世不禁垂下頭。

「突然跟我說我們是一家人，也只讓我覺得很困惑而已。」

「嗯，老夫其實也這麼想。」

「以前，父親、繼母和妹妹三人和樂融融相處的光景，一直讓我看得好生羨慕。盼望著某一天，或許會有能跟我建立起那種關係的人出現。」

「……」

「不過，這樣的人並沒有出現。我也捨棄了這個願望……事到如今，突然要我把你們當成家人仰賴，我也不知道該怎麼做才好。」

這些話，美世甚至不曾向葉月或清霞傾訴過。之所以能對義浪說出口，想必是因為她心中的某個部分，已經湧現「怎麼樣都無所謂了」這種自暴自棄的想法了吧。面對這些自己無從處理起的情緒，她想要找個對象傾吐出來。

「過去，家中有過一名代替母親照顧我的幫傭太太。但就算這樣，她依舊不是我的家人。所謂的一家人，究竟是什麼樣的感覺？只要結婚、只要成為妻子、成為母親，就會明白了嗎？」

「……」

「連這種事情都不明白的我，想必會讓大家感到無言吧。而且我也讓老爺生氣了。」

「這樣啊。」

「那個……真是抱歉，讓您聽我說這些沒頭沒腦的話。」

察覺到自己突然單方面地做出一堆讓對方困擾的發言，美世不禁感到惶恐又坐立不安。

然而，她朝義浪偷瞄一眼後，卻發現他臉上掛著溫柔的微笑。

「不，沒關係。能聽到妳的真心話，實在是太好了。」

「咦？」

「接下來，老夫要說一些身為外祖父該說的話了。」

「是。」

「像剛才那樣，把自己無法消化的思緒說出來和他人分享，不就是家人之間會做的事嗎？」

（分享？）

不太能理解這句話的美世微微歪過頭。

「妳已經無法獨自承受自己的情緒了，所以選擇將它吐露出來。」

「是、是的。」

「老夫認為，所謂的依賴，並不是要妳把自己的一切全都丟給他人處理，而是讓他人幫忙扛起沉重到妳無法自行背負的重擔。在搬運這個擔子的途中，慰勞辛苦的彼此，搬運完畢後，再一起分享喜悅。能讓妳不用顧忌太多、自在做出這種行為的，就是所謂的家人了吧。就算讓對方感到無言、或是惹對方生氣，都沒有關係。只要不是太嚴重的事情，都無法摧毀家人之間的連結。」

「我的母親離開薄刃家之後，這種連結依舊存在嗎？」

集眾人期待於一身的生母，在她做出幾乎是自行決定嫁到齋森家的行為後，一族的成員想必相當生氣。

義浪以手抵著下顎沉思半晌。

「那時，老夫的確憤怒到完全失去理智的程度了啊。自己百般呵護的女兒被齋森那種家系搶走，簡直讓老夫氣得七竅生煙，老夫還在內心發誓自己絕不會原諒那個不孝的女兒。」

「您沒有因此討厭我母親嗎？」

「怎麼會討厭呢。雖然無法原諒，但她仍是老夫的寶貝女兒。當然，也有把親生小孩趕出家門、完全和他們斷絕關係的父母。可是，若是看到自己的孩子受傷吃苦，老夫就會想幫助她；得知她過得很幸福快樂的話，老夫也會覺得很幸福。」

啊啊，原來是這樣嗎——美世覺得可以理解了。

至今，她都不曾擁有能跟自己站在相同高度、分享相同心情的存在。對總是孤單一人的她來說，情緒是只能自行消化的東西。

清霞也曾說過，對他而言，葉月是能夠理解彼此想法的存在。

「美世，對妳，老夫的想法也是一樣的。」

「您說我？」

「嗯，因為澄美那時嫁出去，我們一族才得以存續，之後妳誕生了。能像這樣跟妳重逢，老夫真的覺得很幸福。」

「！」

瞥見在義浪眼角微微發光的物體時，美世明白他這番話都是出自真心。

夢見的異能彌足珍貴，或許也是理由之一。不過，比起這個，他們更希望美世成為自己的家族成員，打從一開始，就真心期盼見到她。

「非常……謝謝您。」

「不，該說謝謝的人是老夫。美世，能像這樣跟妳說上話，真是太好了。」

「是的，能跟您聊天，我也很開心。那個，但是我……」

跟義浪交談的途中，美世察覺到一件事——她果然不應該待在這裡。

她有個希望能和對方成為一家人的存在，幫彼此扛起肩上的重擔，支撐對方、被對方支撐，她有個希望能這樣一起度過人生的對象。

她希望現在還來得及。

在美世不自覺地想要起身的時候。

房門被人像是踹開那樣猛地開啟，表情嚴肅的新跟著踏了進來。

「怎麼了，新？」

察覺到發生了什麼事的義浪皺眉問道。

「根據剛才掌握到的情報……」

說到這裡，新頓了頓，以古怪的表情朝美世的方向瞄了一眼。

房內的空氣一下子變得沉重。

「在這裡有點……」

察覺到新的用意後，義浪和他一起離開了房間。

看起來似乎不是什麼好消息。不知為何，一種不祥的預感在美世內心擴散開來。猶豫半晌後，她下定決心，先靜待一小段時間，再悄悄跟上那兩人的腳步。

一邊注意不要發出腳步聲，一邊在走廊上前進後，她發現義浪和新站在樓梯旁低聲談論著什麼。

「——……了？」

「久堂……的——在……戰鬥……被……」

他剛才說什麼？

因為距離太遠，美世無法聽清楚討論內容，但她總覺得是很不好的消息，因此再次集中精神豎耳傾聽。

「這是真的嗎？」

「是的，情報來源很可靠。」

「詳細的情況如何？」

「跟我事前聽說的差不多。奧津城的怨靈入侵到農村附近的區域，導致一部分無辜的路人犧牲喪命，因此對異特務小隊也展開了討伐作戰。在這場戰鬥中……」

聽到對異特務小隊一詞的瞬間，美世整個人僵在原地無法動彈。不斷在耳朵深處迴盪的心跳聲，劇烈到足以令人發疼。

「對異特務小隊似乎無人受傷，不過，只有身為隊長的久堂清霞——」

美世從來不曾像此刻這麼專注過，專注到甚至忘了呼吸。

在新說出下句話的瞬間，她的雙腳不聽使喚地朝兩人衝了過去。

「您……您說老爺他……怎麼……了……？」

「美世！」

或許沒料到美世躲在一旁偷聽吧，新和義浪震驚得瞪大雙眼。

「請您……請您再說一次！老爺他……」

儘管現在開口說話的人確實是自己，美世卻感到極為不真實。她的雙腳也一直打顫

——她害怕聽到事實，可是，她無法不聽。

看著儘管整個人顫抖個不停，視線卻直直望向自己，從不曾移開的美世，新被震懾得止住了呼吸。

「美世，請妳回房間去。」

不行，她不可能在這種狀態下回房間。

「請妳回房間。」

「我辦不到。」

「回去！」

「……」

即使看到新放聲怒吼，美世也毫不退縮。

像是為了表現自己堅定的意志那樣，她的雙眼筆直盯著新，連眨都不眨一下。

兩人無語地瞪著彼此片刻後，終於折服的新，以不像他的粗魯動作撥了撥額前的瀏海。

「久堂清霞在戰鬥中被敵人打敗而倒下。」

從新的口中再次道出的事實，徹底抹去美世心中那個「是自己聽錯了」的可能性。

可是，儘管如此，她仍覺得難以置信，只能默默反芻這句自己無法接受的話。

「被打敗？倒下？」

「是的，久堂清霞在跟敵人戰鬥時倒下了。」

或許是放棄了吧，新面無表情地這麼淡淡表示。一旁的義浪則是雙手抱胸沉默下來。

和過於平靜的這兩人相較之下，美世開始陷入連本人都沒有自覺的恐慌狀態。

「這是什麼意思？」

吶喊般的問句從她的口中迸出。

（被打敗？被打敗是指？）

她的腦袋一片空白，思緒也只是反覆空轉，但怦咚怦咚的劇烈心跳，卻清晰得令人難受，甚至呼吸困難。

連一根手指都動不了的美世，只能茫然望著眼前的新。

「倘若妳想問的是『發生了什麼事』，我也不清楚詳細情形。他似乎是在執行任務時因敵人的攻擊而受傷，結果在昏迷倒下後，就一直沒有恢復意識。」

「怎麼會？騙人……」

應該是有什麼地方弄錯了才對，她無法相信，也不想相信。

「這不是騙人的，是已經確定的情報。」

新無情地一口否定美世喃喃自語的內容。

——她想再跟清霞見一次面，向他道歉，直到獲得他的原諒為止。然後走上跟他共度人生的那條路……她明明才剛做出這樣的決定。

她又要再次失去重要的人、以及珍貴的東西了嗎？

不斷地、不斷地失去，這樣的悲傷，直到自己成為一具空殼之前，都不會停止嗎？

為了揮去腦中那令人厭惡的想像，美世緊緊閉上雙眼，又以手掩住雙耳。

這是一場惡夢，絕對是這樣沒錯，她只是一直身處惡夢之中罷了。

（就這樣等到夢醒吧。這麼做的話，就可以再次——）

清醒過來的時候，她想必又能回到那個溫暖的家。

「美世。」

一個呼喚聲將美世拉回現實，她抬起眼皮，義浪擔憂的表情跟著映入眼簾。

他是薄刃的一員，這裡是薄刃家。

美世就要永遠失去她所渴望的日常了。

「老爺他……不可能被打敗……」

那個人很強。

清霞戰鬥的模樣，美世只有在他跟新對決時看過一次。即使目睹他被新打傷的身影，在美世眼中，清霞依舊散發著壓倒性的存在感。美世無法想像總是那麼耀眼的他，就這樣挫敗下來。

在美世的世界裡，清霞是好比太陽或月亮那樣的存在，他絕對不會消失。沒有他的世界，她完全無法想像。

美世猛地起頭。

（現在還無法下定論。）

新並沒有說清霞已經死了。

她應該已經下定決心，無論如何，都要緊緊抓住他不放。她還不曾聽他道出最關鍵的想法。光是在這裡悲嘆、然後放棄一切的話，就跟過去的自己沒有兩樣了。

美世渾然不覺。回過神來的時候，自己已經拔腿衝了出去。

「美世！」

儘管新和義浪的呼喚聲傳入耳裡，她仍無法停下已經動起來的腳步。

美世三步併兩步地衝下樓梯，就這樣雙手空空地企圖奔出家門。

「美世！請妳等一下！」

在美世的手即將觸及玄關大門時，從後方追上來的新一把揪住她的肩頭。

美世不禁屏息。緩緩轉過頭之後，她看到新一臉的泫然欲泣。

「新先生……」

「拜託妳不要走，留在這裡吧。」

讓美世的身體忘我地動起來的那股熱度，現在緩緩降溫，但沒有因為變冷而僵硬。她只是稍微冷靜下來而已。

她並沒有因為聽到新的懇求而動搖。他的無力和不甘，已經確實傳達給美世。儘管擁有力量，卻什麼都不能做的他，要是美世現在離開，往後，新恐怕又只能壓抑自己的心情活下去了吧。

儘管如此，美世也有不能讓步的堅持。

「我做不到。」

「為什麼？」

「我想跟老爺在一起，我不想就這樣放棄。」

「就非得是那個人不可嗎？我的力量還不夠嗎？」

新像個害怕被拋下的孩子那樣苦苦哀求美世，他明明完全沒有這麼做的必要才對。

美世深深吸了一口氣，在這裡屈服的話，她絕對無法抵達清霞所在的地方。

「您的力量絕對不會不夠，新先生，我也覺得您是一位充滿魅力的男性。」

「既然這樣，妳選擇我也可以啊？」

「不，我只想跟老爺在一起，其他人是不行的。待在這裡的時間，讓我明白了這一點。」

雖然說，在薄刃家，美世也能得到她一心渴望的家族，義浪和新都很樂意接納她成為一家人。

過去，她只想逃離齋森家、只想追求一個歸屬之處。只要能讓她過著平靜的生活，無論是什麼樣的結婚對象都無所謂。倘若對方是個溫柔的人，就沒有比這更幸福的事了。如果那時薄刃家能將她接回來，她想必會開心地留在這個家吧。

但現在，待在這個家裡，只會讓她感到渾身不對勁。

一大早起來準備早餐。送清霞出門上班、然後洗衣打掃。把脫線的衣物拿出來修補，有時間的話，就努力學習各種禮儀教養。到了晚上，迎接下班回到家的清霞，跟他一起吃晚餐。在洗過澡之後，兩人一起悠閒喝茶的時光，她也非常喜歡。

這便是美世所渴望的幸福，是她不願放棄的日常。

只要待在這個家，她就會忍不住比較，每次一比較，她就會聽到內心深處不斷發出吶喊聲。

不對！這裡不是自己應該待的地方，不是自己想待的地方。

「推翻您們兩位透過決鬥決定的結果，真的非常抱歉。拜託您，請讓我去吧。」

美世深深地、深深地垂下頭。

在視野的一角，她看見新的手緊緊握拳。

「我……不，不行。我還是不能讓妳就這樣離開。」

看到新搖頭的反應，美世不禁感到焦躁。

她必須盡快趕到清霞身邊才行，就算趕到他身邊，或許也沒有美世幫得上忙的地方，但她怎麼樣也不希望自己在不知不覺中失去重要的人。

得快點、快點——這樣的心情不停催促著她。

「我還會再回來這個家，只要一小段時間就可以了，請讓我離開吧。」

「我真的不能這麼做……希望妳留下來，確實是我本人的意願，不過，要求將妳留在這個家裡的人並不是我。」

這麼說來，義浪剛才也是這麼說的。某個人物囑咐他不得讓美世和清霞見面，也就是說，有人想將美世幽禁在這個家裡……嗎？

就算這麼做，應該也不會有任何好處才對。

「只要能去老爺的身邊，不管之後會受到什麼樣的對待或懲罰，我都無所謂。」

「不，可是……我就跟妳老實說吧，其實，我和某人做了一場交易。」

「交易？」

以「是的」回應的新，看起來似乎在猶豫該不該開口。

為了傾聽他打算坦白的內容，美世轉過身來正面望向新。

「跟我做這場交易的對象，是天皇。」

「什……」

因為過於震撼，美世說不出半句話。

（騙人的吧？天皇？）

站在帝國頂點，尊貴非凡的人物。

想跟這樣的對象談對等的交易，可是讓人極為戒慎恐懼的事情。真要說的話，要讓天皇認識或記得一介平民，根本就是不可能的事情。眼前這位表哥，似乎比美世所想的更加高深莫測。

「是什麼樣的交易？」

「我想迎接妳回到這個家。然而，久堂家對妳的保護實在過於嚴密，無論是從力量、或是從立場來看，我都無法出手。最後，我轉而向陛下求助。」

根據新的說法，關於這件事，天皇似乎也有自己的考量。

利害關係一致的兩人，為了達成各自的目的而選擇聯手。

「透過天啟的能力，那位大人預知未來將會發生讓對異特務小隊感到相當棘手的事件。得知這一點之後，我以此為藉口來和久堂清霞接觸。」

「那麼，要求不能讓我離開的人……」

「是陛下。他表示，將妳接回薄刃家之後，在這件事引發問題之前，都不能讓妳和久堂清霞見面。」

「陛下為什麼要……」

「我也不明白，我不知道陛下打算做什麼。那位大人只是跟我說，倘若我想迎接妳成為薄刃家的一員，他可以助我一臂之力。」

新皺起眉頭，以「不過……」開頭，繼續往下說。

「陛下是一位很嚴厲的人，要是違背他的命令，妳可能會因此受罰。」

「而薄刃家也是，對嗎？」

忤逆天皇。即使違背的不是公事上的指示，這想必也是無法寬待的重罪，不知道會有多麼嚴厲的懲罰在前方等著。

「我……」

倘若蒙受被害的人只有自己，倒還沒什麼好猶豫的；然而，要是薄刃家也會一起被拖下水……

「美世，我會順從夢見的異能者、也就是妳的意志而採取行動。因為我想這麼做。就算得因此跟妳一起承受苦難，我也心甘情願。」

「可是……」

新原本搖擺不定的眼神，現在變得堅定起來。

「妳想前往久堂清霞的身邊，對吧？我也下定決心了。」

「咦……」

「請妳動身吧，但有一個條件，就是我必須跟妳同行。」

「！」

表哥這個出乎意料的提議，讓美世瞪大雙眼。

可是，他要跟自己一起出發的話，就代表……

「這麼做沒關係嗎？那個，薄刃家的家規……」

聽到她這麼問，新露出困擾的苦笑。

「我想，恐怕大有關係吧。因為這樣一來，我是薄刃家一員的事有可能會曝光。可是，如同妳無法放棄久堂清霞一樣，我也無法放棄妳。」

「這、這樣呀……」

「是的，更何況，總不能放妳一個人在外頭行動。」

美世不禁難為情地垂下頭。

仔細想想，自己一個人行動的話，她連該去哪裡都沒有頭緒。只會在衝出薄刃家之後，陷入走投無路的窘境。

「可以吧，爺爺？」

新轉身望向義浪，表情看起來相當複雜的老爺子嘆了一口氣。

「沒辦法，你跟美世，都是老夫寶貝的孫子和孫女。支持你們做自己想做的事，也是祖父的職責。」

「謝謝你。」

「非常感謝您！」

語畢，美世和新奔跑著離開了薄刃家。

第四章　黑暗中的光芒

已經沒有任何可以浪費的時間了。

儘管使出全力趕路，自己的心卻早已飄向更遠的地方。

「該前往哪裡才好呢……」

「倘若久堂清霞現在仍是昏迷狀態的話，我想，他應該不會在對異特務小隊的值勤所。雖然也有可能在醫院，但我想，他大概是在久堂家的主宅邸、或是妳之前住的那棟房舍裡休養吧。」

兩人坐上「鶴木貿易」的公司車，依照新的推斷，由他駕車前往那個家。

雖然嘴上說自己還不熟悉如何開車，但由新駕駛的這輛轎車，現在四平八穩地在路上前進。

坐在車內的美世，只是一心祈禱清霞能夠平安無事。

（希望……希望老爺他——）

她真心盼望清霞恢復意識，她想看到他健康有活力的樣子。

「我說這種話或許有些奇怪……」

正在開車的新率直地這麼開口。

「但我想他一定沒問題的，那個人真的很強。如果在他各方面的狀態都很良好的情況下交手，我想必無法贏過他吧。作為一名擁有壓制異能者的力量的薄刃家成員，這似乎是值得憂心的問題就是了。」

只能漫無目的地在外界徘徊的幽魂，不可能有辦法殺死清霞——新以十足肯定的語氣又補上這一句。

對異特務小隊戰鬥的對象，是心懷怨恨的異能者的亡靈。美世並不明白這是什麼樣的異形，也完全無法想像。所以，她此刻只能全盤相信新的說法。

離開滿是人群和建築物的帝都中央後，轎車慢慢進入較為偏僻的郊區。

外頭熟悉的道路，以往總是能讓美世感到安心，但現在卻讓她陷入不安。無論再怎麼不情願，她總會想起那些安穩自適的每一天；同時，這樣的日子可能不復存在的絕望，也會從她的腦中閃過。

「總之，妳還是不要過度鑽牛角尖比較好。離開薄刃家的領地後，能夠抑制失控異能的結界的力量也會變弱，倘若夢見之力再次失控，妳的身體恐怕會吃不消。」

「謝謝您這麼為我擔心，新先生。」

美世勉強露出微笑向新致謝。

倘若只有自己一個人，她恐怕什麼都做不到吧。理解美世的出生經歷、也願意成為她的靠山的這位表哥，此刻令人安心不已。

「無論發生什麼事，我都會站在妳這邊。」

打從一開始，新的立場就不曾動搖。即使對身處的環境感到不滿，薄刃家和自身的職責……以及再三努力鍛鍊出來的能力，想必都讓他引以為傲。

雖然義浪說美世和新很像，但新絕對是遠比她來得更了不起而眩目的存在。

這句話沒有半點虛假，完全是出自新本人的意志，美世感覺得出來。

——無論發生什麼事。

回過神來的時候，美世發現自己點頭回應了他。

「是的，我相信您。」

「我們加快速度吧。」

新加快轎車前進的速度。

以驚人的車速，在悠閒的鄉間道路上疾駛而過的轎車，想必相當引人側目吧。不過，託新的福，美世一下子便順利抵達家門前。

轎車才剛停好，美世便衝下車直奔玄關。

正當她的手撫上玄關大門的瞬間。

家中突然傳來一陣「碰咚！」的巨響。

（咦？裡、裡頭發生什麼事了嗎？）

那聽起來像是某種沉重的東西猛地撞上堅硬物，因而發出的巨大聲響。此外，家裡頭感覺有很多人在，甚至還能隱約聽見怒吼聲。

「我先進去，請妳緊跟在我的身後。」

「好的。」

美世答應從後頭追上來的新的提議，跟著他從玄關踏進家中後，映入眼簾的——是兩名美世也認識的男性正在互相拉扯的光景。

「混蛋！你說你沒辦法治好隊長，是什麼意思啊！」

這麼怒吼的人，是清霞的下屬五道，而被他揪著衣領破口大罵，卻仍一臉悠哉樣的，則是辰石一志。

「就是字面上的意思啊！既然連我都束手無策，大概就沒戲唱了吧。」

「你好意思說這種話！是你說自己很擅長破解咒術的吧！」

「你搞錯了啦。我是說，我擅長的是破解『法術』，而不是『咒術』啦。」

「少跟我說這種歪理！」

五道平常總給人吊兒郎當的印象，所以很難想像他會像現在這樣氣到面紅耳赤的程度。另一方面，一志則仍是一派輕鬆的態度。

「這不是歪理啊。你明明是個當副官的人，怎麼連這個都不明白呢？」

「吵死了！說起來，是因為隊長跟閣下的海量，你們辰石家才得以免罪。但你就算收到聯絡，也完全不現身，你自以為是誰啊！」

「到底是誰比較吵啊……」

對於讓這兩人在這個地方大聲爭執的原因，美世沒有半點頭緒。

為了避免打擾到他們，她從起居室外頭悄悄走過，來到清霞的書齋兼個人房。

她的胸口緊張得隱隱作痛。雙手也不停顫抖，無法好好搭上日式拉門。

（不要緊……不要緊的。）

美世深呼吸一口氣。

接著，她一口氣拉開拉門，甚至忘了應該要先出聲打招呼。

「美世妹妹？」

美世最先認出來的，是吃驚到愣在原地的葉月。

隨後，她移動視線，然後錯愕到幾乎感到眼前發黑的程度。

「老、老爺？」

躺在被褥上的清霞一動也不動，平時就已經顯得偏白的膚色，現在更是慘白得毫無生氣。

美世不想朝這方面去思考。然而，清霞的身影看起來已經遠超過不堪一擊的程度，簡直可以說是一尊蠟像。

她勉強移動自己發軟的雙腿，來到清霞枕邊癱坐下來。

「老爺。」

被絕望和茫然籠罩的美世，下意識地握住清霞冰冷的手。以雙手包覆住他的手之後，她感到手腕傳來微弱的脈搏。

（他……還活著……）

清霞還有呼吸，她還沒有失去他。

放下心來之後，淚水跟著從美世的眼眶溢出。這時，一雙溫暖的手臂從身後輕柔地環抱住她。

「美世妹妹，謝謝妳過來。要是你們在分開的情況下，就這樣天人永隔，我真不知道該怎麼——」

「對、對不起……葉月小姐！」

從葉月哽咽的嗓音，就能知道她有多麼不安、多麼擔心這兩人。

在感到愧疚的同時，看到葉月願意相信自己，更讓美世感動。淚水因此再次從她的眼中源源不絕地溢出。

「沒關係，妳不要道歉。清霞都跟我說了。」

「可是，是我沒能相信老爺，事情才會變成這樣……我現在真的後悔莫及。」

現在這樣的狀態，已經無計可施了。

美世很開心清霞還活著。然而，要是他的意識遲遲沒有恢復，一直這樣下去的話——腦中不禁浮現這種可怕想像的她，再次感到深沉的悲痛和後悔。

「原來如此，是被亡靈強大的怨氣吞噬了嗎？」

這時，完全被美世拋下的表哥，從旁邊唐突地迸出這麼一句話。

葉月瞪大雙眼轉過頭來，然後發出驚嘆。

「你、你是……」

「噢，之前承蒙妳款待了，久堂葉月小姐。」

新露出他一如往常的親切笑容，裝模作樣地和葉月打招呼。

「美世妹妹，這是怎麼一回事呀？」

「呃、呃……那個……」

「是我要求美世讓我同行的——因為我是她的表哥。」

新代替手足無措的美世，直接了當地道出事實。

思考片刻後，恍然大悟的葉月震驚地以手掩嘴，整個人也僵在原地。

「不會吧？所以，你就是那個……」

「應該就是妳所想像的那樣吧。噢，請別誤會了，我並不打算跟妳或久堂少校為敵，也沒有要加害你們的意思。我的工作就只是從旁守護、支撐美世罷了。」

「哎呀……」

看到葉月果斷放棄追究的態度，原本一直沉默地坐在房間一角的由里江，此時不禁出聲抗議。

「葉月大人！這樣真的好嗎？」

「嗯，我想應該沒有關係的。」

「但我覺得很擔心呢。」

看到由里江嘆氣這麼說，美世從旁開口緩頰。

「由里江太太，新先生已經跟我約好了，他會站在我這一邊。請您相信他吧。」

「美世大人……」

「新先生是很可靠的人，謝謝您這樣為我擔心。」

在美世微笑著這麼解釋後，由里江以衣袖匆匆遮住自己泛淚的眼角。

「美世大人，您變得好優秀呢……」

「您、您太誇張了啦。」

自己一點都不優秀，只是內心的迷惘稍微減少了而已。

一旦決定要相信某個人，最重要的，就是貫徹這樣的意志。這次的事件，讓美世深深體會了這個道理。

她不相信清霞能接納這樣的自己，所以，不但沒有找他商量自身的煩惱，甚至還擅自將他推開。為此，她現在陷入了連有沒有機會向清霞道歉都不知道的狀況。

疑心愈重，只會讓對方的心離自己愈遠。

「差不多可以了吧？我有些話想說呢。」

新在一瞬間安靜下來的房裡舉起手這麼表示。

「你想說什麼呢，美世妹妹的表哥？」

「我想，或許有辦法可以讓他清醒過來。」

新的這句發言，讓在場的人全都吃驚得說不出話。原本在起居室跟一志拉拉扯扯的五道，也衝進來大喊「真的嗎！」

「是的。不過，這無疑會是個困難的方法……被死者強大的怨念侵蝕，還能像這樣保住性命，就已經算得上是奇蹟了。」

「有辦法把老爺救回來嗎？」

「透過夢見之力的話。」

美世屏息。

有夢見的異能，就能讓清霞得救。也就是說，美世掌握著他的存亡關鍵。

「怎麼會……」

（我完全無法好好施展自己的異能呀。）

美世從不曾以自身意志發動異能，她體內的夢見之力只會擅自失控。要她以自己的意志控制這樣的力量，並用它來拯救清霞，根本是不可能的任務。

沐浴在眾人目光之下的她，開始冒出涔涔冷汗。

「美世，妳想怎麼做？要試試看？還是放棄？」

「我、我不想放棄……」

新平靜的眼神，讓美世動搖起來，她有種被試探的感覺。

美世會善用這個機會、還是扼殺這個機會？

她此刻緊張的程度，已經完全不是方才所能比擬的。除了背負眾人的期待以外，甚至連最重視的人的性命，都被她握在這雙不可靠的手中。

（我能夠驅使異能嗎？）

美世一直很希望自己體內的異能可以覺醒。然而，到了現在這樣的關鍵時刻，她的雙手卻抖得厲害，呼吸也變得困難。

她覺得這樣的自己沒出息到極點，但是——

「新先生，我真的能夠將老爺救回來嗎？」

美世無法就這樣什麼都不做，然後眼睜睜地看自己失去一切。

要是在這裡放棄，就太對不起即使違反天皇意旨，也要陪美世走這一趟的新。同時，美世自己或許也會因為懊悔莫及而死去吧。

「我也無法百分之百確定，因為一切都只是假設而已。不過，我認為有一試的價值。」

就算可能性微乎其微，只要還存在一線希望，就沒有放棄的道理。

美世強忍住因恐懼而在眼眶裡打轉的淚水，用力地朝新點頭。

「我明白了，我要試試看。」

在美世這麼下定決心後，一旁的葉月握住她的手。

「美世妹妹，妳不要太勉強自己。除了清霞以外，大家也都很擔心妳呢。因為我們都覺得妳很重要、也最喜歡妳了。別忘了這一點喲。」

「是的，謝謝您。」

啊啊，這是多麼令人開心的一句話呢。

美世露出發自內心的笑容，然後溫柔地回握葉月的手。

「我也最喜歡大家了。」

說著，美世依序望向直直盯著她的由里江、五道、以及隨後也跟著來到這個房裡的一志。一如葉月所言，美世可以感覺出大家的眼神中，都包含著對她本人的關懷。

從內心滿溢出來的溫柔情感，這想必就是所謂的善意或愛情吧。

「新先生，請告訴我，我要怎麼樣才能施展自己的異能？」

在一旁無語地看著美世做出最終決定的新，先是吐出一口氣，接著望向由里江開口。

「可以請妳再準備一床被褥嗎？把它跟久堂少校的被褥並排鋪著。」

「被褥？」

「是的，用來讓美世躺在上面。因為在她施展異能後，身體跟意識之間的連結恐怕會中斷。」

由里江照著新的指示，在沉睡的清霞旁邊鋪上另一床被褥，讓美世躺在上頭。

「接下來，在施展異能時，接觸到對方的肌膚，成功率會比較高——美世，請妳握住久堂少校的手。」

「是。」

美世輕觸清霞蒼白而沒有血色的手。儘管他的手冰冷到幾乎凍結的狀態，但她因為緊張而同樣變得冰冷的手，反而覺得清霞的掌心有些溫熱。

閉上雙眼後，美世感覺到某種漆黑深沉的東西，從她和清霞相繫的手緩緩流竄過來。

「這是……」

「妳感覺到了嗎？那就是怨念的一部分，現在已經墮落成足以腐蝕人心的毒素就是了。」

毒素，這樣的譬喻非常簡單易懂。

因為美世也模模糊糊地感覺到，這股漆黑深沉的東西，將清霞整個人包覆起來，一併吞噬了他的內心世界和意識。她必須除去這股怨氣、或是讓清霞被吞噬的意識再次浮現。

美世感覺周遭的聲音和他人的氣息，此刻正在逐漸遠去。只剩下表哥冷靜的嗓音清晰依舊。

「美世，請妳具體想像出這樣的場景——接下來，妳的靈魂即將離開自己的肉體，進入久堂少校的身體之中，然後把他的靈魂找出來。」

「好的……」

美世在腦中想像出自己化身為一縷幽魂，然後竄入清霞被怨念包覆的肉體之中的光景，並祈禱這樣的光景能夠成真。

下一刻，她突然有種身體變得輕飄飄、浮向空中的感覺。

（好厲害……）

她睜開原本閉上的雙眼，發現眼前所見不是天花板，而是一片無邊無際、伸手不見五指的深沉黑暗。

美世下意識以雙手環抱住自己的身體，這片看不到盡頭……上下左右、所有方位都被漆黑籠罩的世界，讓她感到害怕，彷彿自己也會就這樣被吞噬似的。

（可是，我得前進才行。）

她緊緊咬牙，然後踏出一步。

儘管連自己腳下踩的是什麼地方都搞不清楚，美世仍一股腦地往前進。

她已經聽不到新的聲音了。現在的她，完完全全是孤單一人的狀態。

方才努力鼓起的勇氣一下子萎縮，取而代之浮現的，是年幼時期被關進倉庫裡的那段回憶。

因為害怕又無助，美世的眼眶開始泛淚。

她再次體會到一切都沒有改變的事實。她一直是孤單一人，從沒有人來拯救她，她將孤獨地、永遠地待在這片不知道盡頭在何處的黑暗之中。

（老爺，您在哪裡？）

美世在一片黑暗中不斷邁開步伐。雖然覺得自己有在前進，但因為整個空間都被漆黑籠罩，所以很難獲得真實感。

就這樣，不知道經過了多久的時間。

好像才過了幾分鐘、又好像已經過了幾小時。就在時間感覺也開始變得曖昧時，美世聽到了一陣細微的聲響。

（是從外面傳來的聲音嗎？還是在這片黑暗之中？）

她朝聲音傳來的方向靠近，雖然很模糊，但她發現前方慢慢出現一片風景。

（是夜空……）

美世仰頭。她的視線所及之處，是布滿閃爍的點點繁星的晴朗夜空。接著，她望向腳下，幾乎跟現實世界中沒有兩樣的、鄉間的泥土小徑映入視野。附近可見山林，小徑旁草木叢生，甚至還能夠聽到蟲鳴。

（這裡是哪裡？）

環境急遽地變化，讓美世陷入困惑。

目前身處的地方，看起來跟她和清霞一起生活的那個家附近的風景有幾分類似、又有些陌生，似乎是其他不同地區的景色。不過，也不到完全沒看過的程度，大概可以想像同樣是位於帝國某處的場景。

然而，她到底為什麼會來到這種地方？

來自自然界的氣味極其真實，幾乎讓美世無法判斷這是現實還是幻覺。

（可是，我的肉體現在應該躺在家裡……）

所以，這裡果然是源自那片黑暗的、幻覺所呈現出來的世界。

茫然杵在原地片刻後，美世發現遠處的草原上有什麼迅速地移動著──鞋子踩在雜草上的聲響，乘著微風傳了過來。

有人在那裡！美世知道那是誰。

「老爺！」

美世衝了出去，她看不見他的身影，只能憑藉那個聲音前進。

她覺得身子很輕盈，也不會因為奔跑而喘不過氣。這樣的話，她可以一直跑下去。

（那想必……不，那絕對就是老爺。）

儘管沒有理由，但美世這麼確信。

在這個夜晚的世界裡，清霞獨自一人和什麼奮戰著。而那個「什麼」，恐怕就是將他吞噬的、強大的亡者怨念。

——好想趕快見到他。

美世沒有半點迷惘，只是一股腦地在夜色之中向前跑。

◇◇◇

在林木之間來回穿梭，呈現混濁的黑色、紅色或紫色的無數怨靈，接二連三朝清霞逼近。

雖然勉強有著人類的輪廓，但這些怨靈看起來全都有如融化的泥娃娃那樣，完全分不清是男是女。清霞以異能釋放出火焰，將它們燒個精光。

他已經重複同樣的行為多久了呢？

回過神來的時候，清霞便發現自己在這裡——在這個夜晚的森林之中，持續和怎麼打都打不完的怨靈奮戰。

（那時，我還以為自己已經死了……）

清霞獨自回想著自己來到這裡之前的事。

那一晚。

為了擊退被人從奧津城釋放出來的幽魂，對異特務小隊開始執行大規模的作戰行動。

之所以會演變成這樣的情況，是因為出現了夜晚走在路上時，不幸遇到怨靈而喪命的一般平民。正在放假的清霞被緊急召回，也是基於這個原因。

既然已經出現犧牲者，就不能繼續拖拖拉拉下去。

在軍方和宮內省雙方達成共識後，對異特務小隊便開始執行討伐作戰。

一開始，清霞原本和五道一起留在作戰本部，擔任指揮的工作。然而，化為怨靈的異能者的靈魂，不但能力強大，數量也很多，導致隊員們陷入苦戰。

站在清霞的立場，他也不希望花太多時間在這次的作戰上。他想趕快讓事情告一段落，然後前往薄刃家把美世接回來。因為這樣，儘管身為隊長，但他還是把作戰本部的工作交給五道，親赴戰場加入討伐。

至今，他也認為自己這樣的判斷應該沒有錯。

（之所以會失敗，是因為我誤判了怨靈的力量。）

在死亡之後，異能者依舊能保有自身的能力。不僅如此，失去肉體這樣的桎梏，反而讓祂們的靈魂更進一步昇華，力量也因而變得比生前更來得強大。

這些怨靈沒有自我意志和思考能力，動作也很遲緩，所以絕非打不贏的對手；然而，祂們內心的怨恨凝聚而成的力量，絕對足以構成相當大的威脅。即使由對異特務小隊出面，對力量不算強的隊員來說，這仍是一場吃力的戰鬥。

因為一個不湊巧。

清霞看到在他附近和怨靈戰鬥的一名隊員，即將被對方強大的怨念吞噬的那個瞬間。

『快躲開！』

這麼大喊的同時，他在千鈞一髮之際介入那名隊員和怨靈之間，以異能橫掃周遭的所有怨靈。面對清霞壓倒性強大的力量，這些怨靈毫無招架之力，在一瞬間灰飛湮滅、徹底消失。

不過，雖然他成功一口氣殲滅了所有怨靈，在施展異能的前一刻，清霞仍不慎接觸到對方的怨念。

（只能說是我過於大意了。）

一邊自在施展異能、一邊這麼回顧反省的清霞，不禁嘆了口氣。

換作是平常的他，不可能栽在那種程度的怨靈手上。異能者身處的世界，可沒有輕鬆到連會在這種地方出差錯的人，都能夠冠上「最強」的頭銜。

然而，事實就是清霞的意識和心靈，都在一瞬間被怨念吞噬，回過神來的時候，才發現自己在這種地方埋頭奮戰。大部分的怨靈應該都已經被他殲滅了，所以，小隊大概也可以維持優勢繼續作戰。不過……

（這裡是我的夢境、又或者是地獄？）

可以確定的是，清霞是在失去意識後來到這個地方。然而，他不知道該如何回去原本的世界。

或許，回去的方法根本就不存在。但就連想要確認這一點，他都無能為力。

這裡簡直像是現實世界裡那場討伐戰的延續──或說是重現。

不過，這裡的怨靈會無止境地持續湧現，而高掛在夜空中的明月，無論過了多久的時間，一直都停留在相同的位置上。判斷時間流逝不尋常的清霞，腦中閃過「這樣的狀態有可能永遠持續下去」的想法。不可思議的是，他的肉體完全不覺得疲累，只是，這場看不到終點的戰鬥，著實令人感到厭煩。

他讓雷電的異能覆上軍刀的刀刃，在眨眼之間殲滅動作遲緩的大量怨靈。

「可惡！」

下一刻，在原本的怨靈消滅之處，宛如融化的泥娃娃那樣的身影，再次陸陸續續地現身。

就算是清霞，此刻也多少感到精神上的疲勞，因此再也無法壓抑內心煩躁的情緒。

回過神來的時候，他發現自己的雙肩隨著劇烈呼吸而微微起伏。

（被困在這種地方……）

在留下、拋下所有的一切的狀態下。

若是自己已經死了，美世會怎麼想呢？她會哭嗎？還是從此在薄刃家過著幸福快樂的生活——將清霞徹底遺忘？

清霞閉上雙眼，不甘地狠狠咬牙。一滴汗水跟著滑落。

「老爺。」

這個瞬間，他彷彿聽到了美世的聲音。

不可能有這種事。這裡很明顯不是現實世界，倘若他在這裡聽到她的聲音，那麼，不是幻聽、就是意圖蠱惑他的異形的伎倆吧。

清霞不禁苦笑。

原來現在的他如此脆弱嗎？脆弱到下意識尋求未婚妻的存在。

「老爺。」

他又聽到了。

想到自己是如此軟弱無力的人，清霞無奈到忍不住收起臉上的笑意。

「老爺，請您不要再戰鬥了。」

「美世？」

因為這個嗓音聽起來實在太清晰又太靠近，清霞不禁吃驚地轉過頭。

穿著一身巫女服、蓄著一頭黑色長髮、宛如黑曜石的一雙澄澈眸子散發著光芒的她，確實是清霞的未婚妻。

她直直地仰望著清霞的臉，然後緩緩握住清霞另一隻空出來的手……微微的溫熱感，從那雙有些粗糙的手傳來。

「老爺。」

「妳真的……是美世本人……嗎？」

「是的。」

美世以堅定的態度點點頭。

會相信這樣的幻覺，自己絕對是哪裡有問題──儘管腦子裡這麼想，清霞的手卻不自覺拋下軍刀，將美世纖細的身子緊緊擁入懷中。

「美世……美世。」

「老爺？」

啊啊，原來是這樣。

儘管不願承認，但清霞似乎真的湧現了恐懼的情緒。連自己究竟是死是活都不知道，只能一直戰鬥下去的恐懼。

感受到她的體溫，竟然能讓自己如此放心。

「美世，真的是妳嗎？」

「是的。」

「妳怎麼會在這裡？」

「我來接您回去。」

「原來我沒有死嗎？」

「當然了！」

聽到美世以極為強硬的語氣這麼回答，清霞不禁笑出聲。

「當然……嗎？」

「是的，要是老爺死了，我說不定會悲傷到追隨您的腳步而去。」

「拜託妳別這麼做。」

不過，能明白清霞自身跟美世都還活著，實在是太好了。

清霞放開美世的身子，撿起落在地上的軍刀，將從後方逼近的怨靈橫掃一空。

總之，如果不先解決這些怨靈持續湧現的問題，兩人就無法好好對話。

「真是令人厭煩。美世，妳知道什麼能對付這些傢伙、然後返回現實世界的方法嗎？」

「是的。那個……我應該知道。」

原本散發出判若兩人的凜然氛圍的美世，有些沒自信地垂下眉毛回應。不過，這樣的表情只維持了一瞬間，她隨即邁步向前，跟清霞並肩佇立。

「要怎麼做？」

雖然有些窩囊，但清霞完全不知道該如何突破現狀。在他這麼詢問美世的同時，一批新的怨靈跟著湧現。

美世按著自己的胸口望向眼前的怨靈，然後以幾乎要消失在空氣中的細微嗓音輕輕呢喃：

「老爺，能請您握著我的手嗎？」

「我知道了。」

握住美世的手之後，清霞能感覺到她安心下來的反應，原本緊繃的雙肩也因此放鬆。

在月光照耀下，靜靜佇立於自己身旁的未婚妻的身影，看起來竟是如此神聖而美麗。察覺到自己湧現了這種想法的清霞，不禁有些動搖。

美世所採取的行動，可說是相當單純。

「──消失吧。」

她僅是說了這樣的一句話。不過，效果卻極為顯著。

無數怨靈的身影一口氣變得模糊，接著宛如一縷輕煙那樣消散。讓清霞持續戰鬥、疲於應付的那些怨靈，真的就這樣在一瞬間消失了。

清霞震驚得片刻說不出話來。

「美世，剛才那是……」

「我也不是很清楚。好像是……夢見的異能。」

能夠在人的睡夢中發揮萬能力量的異能。

的確，倘若兩人目前身處清霞的夢境之中，這裡就屬於夢見之力作用的範圍。因此，美世能夠來到這裡、能夠消滅怨靈，都不是什麼奇怪的事。

只是，清霞很好奇她是何時學會了這樣的術法。

「妳也徹底成為一名異能者了嗎？」

清霞的喃喃自語，讓美世吃驚地圓瞪雙眼。

「咦？」

「怎麼？」

「沒……沒什麼，只是，被您這麼一說，我反倒有種不可思議的感覺。」

美世皺眉，然後微微歪過頭。

看來，她似乎沒怎麼思考過這方面的事情。雖然清霞覺得她給人的印象變了很多，但實際上似乎也並非如此。

終於整個人放鬆下來的他，忍不住吐出一口氣。

◇◇◇

美世和清霞就這樣牽著彼此的手，走在沒有半點燈光的夜路上。

儘管只能仰賴月光前進，美世卻完全不會感到不安。獨自從這條路走過來的時候，她明明擔心害怕到極點，但現在，光是有清霞陪在身邊，心情就變得很平靜。

能夠再次和他相見、將他從這裡救出去，讓美世打從心底鬆了一口氣。

「很安靜呢。」

清霞以感慨萬千的語氣開口。

除了他們倆以外，這裡沒有任何人，傳入耳裡的只有蟲鳴和河流的潺潺水聲。

雖然狀況完全不同，但這讓清霞回想起曾幾何時、兩人一起並肩眺望月色的那個夜晚。

「不過，感覺有些寂寥呢。」

「也是。這裡是我的夢境之中嗎？」

「啊，是的。我想，應該是類似的東西，雖然我也不是很清楚就是了。」

因為仍無法理解的事情太多了，至今，美世仍沒有自己「能夠使用異能」的真實感。她只是一心祈禱而已。為了將清霞救出去。

所以，就算被說成是異能者，她也有種無法跟自己聯想在一起的感覺。

「老爺。」

「怎麼？」

美世最需要向清霞傳達的那件事情。

現在，她必須在這裡說出口，只剩現在這個機會說出口了。

「對不起。」

美世停下腳步，朝清霞深深一鞠躬。

她犯下了許許多多的錯誤。

清霞很溫柔，也願意接受美世的一切。但美世卻滿腦子都只顧著自己的事，沒能理解清霞的心意。在她心中的某個角落，甚至還有著「他無法理解我的感受」這樣的想法。

多麼愚蠢啊。美世真心對這樣的自己感到厭煩又不耐。

不知道清霞會怎麼答覆的她，害怕得閉上雙眼。

隨後，她聽到上方傳來一陣輕輕的嘆息聲。

「該道歉的人是我。」

「咦？」

「抱歉。」

美世抬起頭，發現清霞的視線在半空中游移。

「之前，我因為在氣頭上，說了十分蠻橫不講理的話。不過，就算說自己並沒有要傷害妳的意思，聽起來也只像是藉口就是了。」

「不！」

美世用力搖頭否定清霞的說詞。

「不對的人是我。老爺一直都對我非常溫柔體貼，但我卻老是辜負您的心意。」

「沒有這種事……」

「我完全沒有看清最重要的事情。學習一事也是如此，明明是自己提出的任性要求，我卻自顧自地陷入瓶頸，完全沒有餘力抬起頭來看看周遭。打算自己解決所有的一切，到頭來卻什麼也做不到……」

聽著從自己口中說出的這番話，美世不禁沮喪起來。

她渴望家人，她想跟清霞、還有葉月成為一家人。然而，最不能理解家人的，卻是她自己。總是獨自苦惱，無法將真正重要的話說出口，儘管清霞和葉月主動靠近自己，她卻糟蹋了兩人給的機會。

不能只有其中一方主動，雙方都必須朝彼此靠近，連結才能夠建立起來。

「對不起。之前，不管選擇老爺或是薄刃家，我都覺得無所謂的說法，其實是騙人的。如果老爺能夠允許的話，我想待在您的身邊。拜託您，請讓我一直陪伴在您的身邊吧。」

美世鼓起所有的勇氣，向清霞道出自己真正的心意。

她很害怕自己被清霞討厭、或是讓他厭煩。在坦承自己真正的心意後，要是遭到清霞拒絕，她這輩子恐怕都無法再振作起來。

然而，倘若只是一直在原地踏步，遲遲不願前進的話，就無法跟他人建立起信賴關係。

在沉默片刻後，清霞「呼……」地吐出一口氣，放鬆緊繃的肩膀。

「就算妳沒有開口，我也一直都打算這麼做。」

「老爺……」

「倘若妳願意接受這樣的我，希望妳回到原本的家。妳願意選擇我，而不是薄刃家嗎？」

美世感到眼眶一陣溫熱。

事情真的可以這樣符合她的期望發展嗎？這該不會是源自自己殷切心願的一場美夢吧？美世不禁這樣懷疑起來。

不過，就算這樣，她的答覆也早已決定。

「是的，還請老爺多多指教。」

現在，美世也慢慢喜歡起薄刃家的那兩個人。可是，她想回去的地方、想長相廝守的人，果然並不是他們。

在美世的眼中盈滿淚水時，一隻大手輕輕覆在她的頭上。

「太好了。我原本還在想，要是聽到妳回答『我不要』，該怎麼辦才好啊。」

「我……我絕不會說這種話的。」

清霞笑著以「很難說喔」調侃。

「不過……」

「？」

「其實，我原本打算到薄刃家去接妳回來的，沒想到反而讓妳來夢中迎接我。感覺真是不夠帥氣啊……」

看到清霞以誇張的動作頹喪地垂下雙肩，美世不禁輕笑出聲。

她總覺得自己見識到總是帥氣威風的他有些罕見的、令人意外的一面。

「不要緊的，因為老爺一直都非常的帥氣呀。」

「……這樣嗎？」

清霞以奇妙的表情回應。兩人重新將相繫的手緊緊握住，踏著穩重的腳步朝黑暗中走去。

好不容易睜開沉重的眼皮後，填滿了矇矓視野的，是有著木質紋理的褐色天花板。

腦袋遲遲無法開始運轉，除了眼皮以外，整個身體感覺也沉重不已。

美世就這樣茫然眺望著天花板數秒。

「妳醒了嗎？」

這時，清霞突然從旁邊探過頭來。即使剛從昏迷中恢復意識，他那張依舊清秀無比的臉蛋，讓美世的心臟因為這樣的突襲而重重跳了一下。

「老、老爺！咳咳！」

「冷靜點，別急著說話。」

因為起身的動作太激動，美世忍不住猛咳起來。一旁的清霞伸出手溫柔輕拍她的背。

「老爺……您已經沒事了嗎？」

這麼說的美世，將俊美的未婚夫從頭到腳仔仔細細地審視過一遍。

清霞身上仍穿著輕便舒適的浴衣，一頭長髮也披垂在身上，看起來似乎同樣剛清醒沒多久。他的氣色不太好，感覺仍是個病人，但說話語氣和表情都很清醒，意識應該是沒問題。

「雖然很想說『沒事』，但沒想到整個身體會變得這麼沉重啊。」

清霞很吃力似地吐出一口氣，以手揚起自己的髮絲。

從他遲緩的一舉一動看來，恐怕就像清霞本人所說的，他尚未恢復平常的健康狀態。不過，看到他還算有精神的模樣，美世總算是放下心來。

「太……太好了。」

「讓妳擔心了啊。」

「嗚嗚……」

美世的淚水開始止不住地溢出。

直到剛才，她的胸口都被恐懼和不安填滿，甚至連呼吸都要跟著停止。現在，她終於可以喘一口氣了。

「別哭啦……真是的。」

下個瞬間，清霞將美世擁進懷裡，輕輕撫摸她的頭，像是在安撫年幼的孩子那樣。

而美世也緊緊揪著他嚎啕大哭起來……事後回想，這樣的行為感覺還挺不得體就是了。

「好啦，妳別再哭了。」

「老……老爺……」

「怎麼？」

「那個……您這樣好像在哄小孩子，我覺得有點……」

在眼淚止住後，極度難為情的感覺著湧現，讓美世無法從清霞的胸前抬起頭，也無法離開他。

不過，美世委婉的抗議完全沒有用。

「這麼做的話，妳才會停止哭泣啊。」

「才……才……才沒有……這回事呢。」

回想起來，她之前似乎也曾像這樣嚎啕大哭、然後被清霞安慰過。

（好……好難為情啊……）

被擁在懷裡摸頭，才會停止哭泣，感覺真的像個孩子一樣。都已經十九歲了，而且這樣的行為還是第二次，未免也太誇張了。

如果地上有個洞，她絕對會想鑽進去。

「那個～可以打擾你們一下嗎？」

葉月聽起來明顯帶著笑意的嗓音介入兩人之間。這時，美世才猛然回過神來。

（啊！）

她忘得一乾二淨了。既然這裡是現實世界中的那個家，想當然耳，大家都是齊聚一堂的狀態。也就是說，她和清霞在眾人面前——

理解這個事實的瞬間，因為羞恥而發熱的感覺，從美世的腳尖一直竄上頭頂。這次，她真的差點尖叫出聲。

「唔呵呵呵，看來你們已經完全和好如初了呢，這樣我就放心了～」

「就是呀，真是太好了～」

聽到葉月和由里江這麼說，旁邊的五道也帶著一臉認真的表情表示同意。

「不過，對單身漢來說有點刺眼呢。」

「怎麼，五道老弟，難道你不習慣流連花叢？真意外耶。你平常那種輕浮的形象，難不成都是演出來的？」

「……」

因為一志這句多餘的話，五道再次揪住他的衣襟，兩人眼看著又要打起來了。不過，在清霞嗓音低沉地道出「我說你們……」之後，一志和五道的動作在瞬間停住。

「稍微安靜一點，美世都快暈過去了。」

「我……我沒有……啦。」

雖然沒有快昏倒的感覺，但現在這種羞恥感，強烈到可比一輩子能夠承受的份量，讓美世幾乎無臉再面對任何人。

「美世。」

一直從旁沉默地眺望眾人的新，此時以不帶任何感情的嗓音開口呼喚美世。

「新先生……」

「看來，我的職責已經被免除了。那我就此告辭。」

臉上不見平常那張笑容的他，只是淡淡地這麼告知，讓美世不知該怎麼回應。

其實，她很希望新可以在這裡多留一下，但出聲挽留他好像也不太對。

「再會。」

「新先生，非常感謝您。」

美世端正自己的姿勢，懷著最誠摯的感謝向新鞠躬致意。原本已經轉身準備離開房間的新，轉過頭來朝她露出苦笑。

「妳不需要道謝，我只是做了自己想做的事情而已。」

「是……還有，不能跟您一起回去，真的很抱歉。可是，如果必須接受懲罰，請您一定要通知我。到時候，我也會以薄刃家成員之一的身分，一起接受懲罰。」

「我明白了。」

點點頭之後，新伸手拉開日式拉門。清霞也在此時開口。

「鶴木新。」

「有什麼事嗎？」

「……有朝一日，我會再向你下戰帖。這次我不會輸。」

「這樣啊。那就請你多加油嘍。」

新笑著這麼回應，然後離開了久堂家。

第五章　真相大白的宴會

在清霞平安醒來、美世也回到久堂家的那天之後，又過了一段時間。

悶熱的八月結束了。邁入九月後，儘管天氣有時仍會熱得令人難受，但不時吹來的涼爽微風，已經帶著幾分秋意。

今天是宴會舉辦的日子。現在，美世正在久堂家的個人房間裡忙著做準備。

「哎呀！好適合妳喲，美世妹妹。非常漂亮呢。」

這麼開心驚呼的，是美世的師父、同時也是近期會成為她的大姑的葉月。

暗紅底色，加上有著蝴蝶翩然飛舞、以及高雅盛開的白色和黃色花朵圖案的振袖和服。腰間是一條以繽紛的金色絲線點綴的腰帶。臉上則是將端莊和華麗巧妙融合在一起的完美妝容——今天的美世，看起來比平常要成熟好幾倍。

這套振袖和服，是特地為了今天而採買的。親自將和服送來久堂家的和服店「鈴島屋」的老闆娘桂子，以及和她一起幫美世穿上和服的由里江，都對這樣的成果相當滿意。

「夫人很適合淺色系的衣物，不過，換上這種顏色較深的和服，又會散發出成熟的女性美呢。」

「是呀、是呀，真的是這樣呢。美世大人實在太美了，讓我不禁發出讚嘆聲呢。」

看著這兩名年齡層有些落差的年長女性開心興奮的反應，美世也只能在一旁陪笑。

畢竟，她實在不明白自己這身打扮的迷人之處為何。她只擔心有沒有把和服穿反，此外，她總覺得自己平凡的臉蛋，恐怕配不上這身雍容華貴的和服。

「畢竟，美世妹妹能穿振袖和服的時間不多了呀。這種生澀和成熟的韻味融合而成的美感，是只有現在的她才能表現出來的呢。」

「不愧是葉月大人，您好內行呀！就是這樣沒錯！想到只有現在能做這種打扮，或許會讓人覺得有點可惜，但這種曇花一現的感覺，更能進一步提升夫人的美呢。」

聽到葉月的發言，雙眼閃閃發亮的桂子滔滔不絕地陳述自己的看法。因為她一直都是這種感覺，美世現在已經不會感到驚訝了。

比起這個，葉月說美世能穿振袖和服的時間所剩不多，就代表她跟清霞的婚期已經不遠了。想到這一點，美世的雙頰微微泛紅。

「可是，葉月小姐也十分美麗呢。」

「哎呀，這樣嗎？謝謝妳，美世妹妹。」

今天，三人打算在會合後，便直接前往參加宴會，所以葉月也已經做好出門的萬全準備。

她身上這襲以蕾絲點綴的淺橘色洋裝，比一般的洋裝更貼身一些，因此相當適合體型纖細的葉月。今天將淺色髮絲高高盤在腦後的她，裸露的後頸看起來十分性感，這正是成熟女性美的代表。連身為同性的美世，都不禁看得入迷。

在準備完畢後，四人一起移動到起居室。已經換上軍裝的清霞在裡頭等著。

經過一個多月的時間，他的身體狀況也已經恢復得差不多了。他康復的速度比美世想像得更快，甚至還因為感覺自己的體力衰退了不少，沒過多久，就開始每天進行鍛鍊。

他白皙的膚色一如過往，但已經不再是大病初癒那種虛弱的感覺。

「老爺，讓您久等了。」

「嗯。」

淡淡回應而轉過頭來的清霞，在看到盛裝的美世之後屏息，就這樣愣住了片刻。

「哎呀，我的傻弟弟兩隻眼睛直盯著自己的未婚妻呢。怎麼樣，清霞？美世妹妹很漂亮吧？」

「是……啊。」

聽到葉月笑瞇瞇地這麼問，清霞帶著一臉茫然的表情表示同意。

「美世，妳很漂亮呢。」

「謝謝您。」

被清霞這麼直接了當地稱讚，讓美世感到有些害羞。因為不確定自己是否適合這樣的打扮，她原本還很不安，現在，她覺得有換上這身衣物，真是太好了。

「來接我們的轎車已經到了，走吧。」

清霞伸出一隻手。美世照著葉月的教誨，將自己的手搭上他的。

這時，她想起自己忘了說一件事。

「老爺。」

「怎麼？」

「您也非常帥氣喲。」

「……」

原本以為清霞會淡淡以一句「是嗎」回應，但不知為何，他卻別過臉去，然後以另一隻空著的手扶額。

踏出家門、走到轎車停泊的地方時，一路上都沉默不語的清霞，突然這麼開口了。

「妳別突然說這種話啦……」

他這麼輕喃。

「……對不起。」

「沒關係的，美世妹妹。清霞只是在害羞而已，不用管他。」

美世一頭霧水地道歉後，跟在兩人後方的葉月斬釘截鐵地這麼出聲指謫。清霞不禁因此皺起眉頭。

「姊姊，拜託妳閉嘴。」

「什麼嘛，我說的是事實呀。」

「好啦好啦，姊弟吵架等之後回來再說吧。」

在由里江介入後，兩人隨即安靜下來。

美世不禁笑了出來。現在，她發現自己的內心，已經不會像之前那樣浮現羨慕或嫉妒的情緒了。

（因為我過去實在太渴望擁有家人了。）

以前，看著清霞和葉月毫無顧慮、你一言我一句地鬥嘴的模樣，總讓美世覺得胸口悶悶的。但現在，她不再有這樣的感覺。

美世鬆了一口氣，她會跟這些人成為一家人——現在的她，可以很堅決地這麼說出口。

「唉……那麼，我們要出發了，由里江。妳早點回家吧。」

「我們走嘍。」

「我們走了。」

「好的，路上請多小心。」

美世一行人在由里江和桂子目送下離開，乘著久堂家的傭人所駕駛的轎車，前往作為宴會場地的大廳堂。

「美世妹妹，妳會緊張嗎？」

「是的……很緊張。」

從薄刃家回到久堂家後，美世便一邊適度休息、一邊拚命學習。在家中靜養的清霞也會盯著她，避免她又過度勉強自己。

一旦表現出把自己逼得太緊的感覺，清霞就會馬上強制美世去休息，因此，就算她想勉強自己也沒辦法。

不過，也多虧這樣，美世得以在沒有弄壞身體的情況下好好學習。葉月也拍胸脯保證，她已經把自己能教的東西全都傳授給美世了。

美世確實變得有自信了一些，然而，她無法阻止自己緊張。

「妳不用擔心。今天這場宴會不算是太正式的活動，所以也沒有什麼死板的規定必須遵守。跟姊姊待在一起的話，妳應該不會有必須負責對應他人的機會。」

「說……說得也是呢。」

「沒錯沒錯。除了打招呼以外，交談的機會應該不多。」

雖然也很想實際運用自己學會的交流禮節，但這畢竟是美世第一次參加宴會，還是把「順利撐到結束」放在最優先考量比較好。

因此，今天就貫徹在一旁安靜見習的態度，或許會比較恰當。

會場位於帝都裡的某個小型宴會廳。

因為不是舞會，所以沒有必要租借寬敞的大型會場。三人今天所參加的這場宴會，採用外國很常見的立食宴會的形式，讓來賓盡情享用主辦方準備的餐點和美酒，同時彼此暢談交流。

「總之，只要能做到我至今教妳的那些，就沒有什麼可以難倒妳的事了。不需要把自己逼得太緊喲。」

「好的，我會加油。」

美世將雙手握成拳頭鼓舞自己。

「妳這樣就是把自己逼得太緊了吧。」

「既然都已經走到這一步，讓一切順其自然就好嘍。」

這麼交談的時候，轎車抵達了會場。

走下車之後，美世抬頭仰望宴會廳的外觀，然後吃驚得說不出話來。

（這算是……小型的宴會廳？）

跟她所想像的完全不同。

這棟兩層樓高的西式建築物看上去相當壯觀，不僅規模很大，造型設計也十分高級豪華。

純白的外牆，搭配看起來很沉重的雙開式大門。四處都以純金雕刻裝飾、同時也被擦拭得一塵不染的巨大玻璃窗，反射著陽光而閃閃發亮。腳下踩的是軟綿綿的地毯，天花板上則垂吊著彷彿輕輕一碰就會壞掉的精緻水晶燈。

這一切的光景，美世都相當陌生。即使事前已經聽說過，但在親眼目睹後，她仍忍不住卻步。

「好啦好啦，美世妹妹，我們已經來到宴會會場嘍。就照著我教妳的那樣試試看吧。」

被葉月輕拍一下背之後，美世才猛然回神。

沒錯，現在不是站在這裡發呆的時候。周遭也有其他賓客。打從這一刻起，美世已經沐浴在他人的眼光之下了。

（挺胸，把背脊打直。）

動作要輕柔緩和，然後帶著自信。

清霞完全不在意他人的視線，抬頭挺胸地往前走。隔著半步的距離走在後方的美世，試著以平常心跟上他的腳步。

儘管只是往前走，美世卻因為擔心自己沒有好好表現，而感到相當不安。不過，遇到必須上下樓梯的時候，清霞總會像是在鼓勵她那樣溫柔握住他的手。這讓美世安心許多。

「要走嘍。」

「是。」

美世以堅定的語氣回應清霞，邁步踏進會場裡頭。

（好漂亮……）

出現在眼前的，彷彿是另一個世界。

裡頭的天花板採挑高設計。這棟建築物從外頭看上去有兩層樓，但實際進到內部，會發現裡頭並沒有二樓，而是將兩層樓打通的寬敞空間。正前方有一座帷幕拉到兩旁的舞台，左右兩旁和後方則有露台。

會場裡頭有許多張鋪上純白桌巾的餐桌，上頭擺滿了美世從未見過的豪華餐點和高級酒類。已經入場的賓客們自由自在地品嘗著美食。

在這時踏入會場的美世一行人，一口氣吸引了眾人的目光。

「不要緊的，美世。」

不要緊，因為自己已經那麼努力過了，只要照著葉月教的去做就行了。

「那麼，美世妹妹，你們兩個去向賓客打招呼吧。我也得去跟自己認識的人打個照面，所以要暫時跟你們分開行動。妳要好好表現喲。」

要跟葉月分開，實在令人有些不安，但這也是沒辦法的事。

美世用力點點頭。

「好……好的——姊姊。」

「！」

看到美世抬起雙眼、以怯生生的語氣道出這樣的稱呼，葉月雙頰泛紅地朝她露出微笑。

「雖然很開心，不、不過，突然聽到妳說這種話，真的對心臟不太好呢……清霞，你絕對不能讓美世妹妹落單喲。知道了嗎？」

「唉，我知道啦。」

劈哩啪啦地說了一堆後，葉月獨自以俐落的腳步往其他方向走去。在兩人目送著這樣的她走遠時——

「啊，隊長～」

「五道。」

已經先來參加的五道揮著手朝兩人走近。

帶著一股慵懶氣質的五道，以及在聽到他的呼喚聲後垮下臉的清霞。這兩人也是老樣子。

即使在這種情況下，美世仍不禁嘴角上揚。

「喔～美世小姐，妳好漂亮呢～」

「謝謝您。」

「不會不會，我只是說出自己看到的事實罷了。好好喔～隊長，我真羡慕你。」

「你喔……」

即使清霞的語氣聽來有些厭煩，五道依舊完全沒放在心上，隨即以拳頭敲了敲另一隻手的掌心，然後以「啊，對了」開口。

「您還沒去問候大海渡少將吧？我剛才看到他在那邊。」

「是嗎？謝謝。」

「啊，另外，您有看到那傢伙嗎？」

「那傢伙？」

聽著兩人的對話內容，美世好奇地歪過頭。但清霞似乎馬上聯想到答案。

「你說辰石嗎？」

「哎呀，真是的，請您別提及他的名字啦！要是被那傢伙聽到，該怎麼辦啊！」

「看來你們倆真的處得很不好啊。」

這麼說來，兩人之前幾乎扭打成一團的光景，美世至今仍印象深刻。

就她所知的範圍，一志和五道都給人比較不正經的印象，所以真要說的話，這兩人應該會臭味相投才對。但現在看來，反倒是同類相斥的感覺。

「那傢伙真的是惹惱人的天才呢。那種人竟然會是破解法術的專家，絕對是哪裡搞錯了啦。」

「別這麼說。今後，我們跟他一起工作的機會也會增加啊。」

「拜託您饒了我吧～」

清霞拋下沒出息地這麼哀嚎的五道，領著美世朝大海渡所在的方向走去。

「印象中，妳應該也知道大海渡少將閣下吧？」

「是的，之前，我有聽五道先生說過他的事。他是地位等同於您的上司的人物對嗎？」

「嗯，他算是負責督導對異特務小隊的長官。也是今天這場宴會的主辦人。」

這場宴會，似乎是由家中成員多數投身軍職的名門家系大海渡家主辦。這也是葉月最近才告訴美世的情報。

而大海渡家的當家大海渡征，則是和清霞於公於私都有往來的人物。所以，無論發生什麼事，都可以跟他好好商量。

「好……好緊張喔。」

「那個人外表看起來強悍，但其實個性很沉穩，妳不需要太擔心。」

「嗯……」

即使清霞這麼說，美世仍遲遲無法放鬆下來。

就在她窮緊張的時候，一個孩童的稚嫩嗓音傳入耳裡。

「清霞舅舅！」

舅舅。

這是美世第一次聽見有人這麼稱呼清霞，她吃驚地望向人聲傳來的方向。

小跑步靠近這裡的，是一名年約十歲的少年。一身黑色西裝外套搭配短褲的他，穿著打扮十分得體。少年睜著一雙閃閃發光的大眼，從下方仰望清霞。

（哎呀？不過，這孩子看起來有點像……）

有點像誰呢？

美世一時沒能想起來，總覺得腦中的答案被一片霧氣籠罩住。

「噢，旭。好久不見了。」

看來，這名少年確實和清霞互相認識。清霞罕見地露出淺淺的笑容，蹲下來將手擱在名為旭的少年的小腦袋上頭。

「我們上次見面，是過年的時候了！」

「是啊。」

「旭！不是跟你說過不要在宴會時奔跑了嗎！」

一名身穿軍裝、體型魁梧的男子，橫眉豎目地從旭的後方追了上來。或許是他的父親吧。雖然臉長得不太像。

「大海渡少將閣下。」

「抱歉，清霞，旭有給你添麻煩嗎？」

「不，我們才剛說幾句話而已，反倒是我這麼晚才向您打招呼，非常抱歉。」

「別在意，你也才剛到不是嗎？」

站在清霞身後的美世，以不至於失禮的程度眺望眼前這名身材壯碩的男子。

看起來年紀落在四十歲左右的這名男子，個子十分高挑，肩膀也很寬，體型相當魁梧，所以也格外引人注目。長相算不上是美男子，但散發出剽悍的男人味。

原來如此，美世可以理解為何有女性覺得這名男子很可怕了。

「閣下，這位是我的未婚妻齋森美世。」

「您好，初次見面。」

在清霞這麼介紹後，美世謙卑地緩緩朝大海渡一鞠躬。

雖然對方感覺不是個嚴厲的人，但要是一個沒表現好，讓清霞的上司對自己留下不好的印象，她會很難過的。

美世在內心這麼想。不過，看來是她多慮了。

「把頭抬起來吧，我不喜歡看不到說話對象的臉。」

「初次見面，我是大海渡征。這是我的兒子旭——旭，打聲招呼吧。」

「好……好的。」

「妳好，我是大海渡旭。」

像個孩子那樣，以有些高亢的嗓音做自我介紹的旭，不同於剛才的興奮模樣，感覺已經冷靜許多。儘管如此，這樣的他看起來仍相當惹人疼愛，讓美世的心跟著柔軟起來。

「我是齋森美世……請……請多多指教喲。」

鮮少和孩童交流的她，露出不太自然的微笑這麼說。

雖然葉月有教過，和小孩子說話時，可以不用過分拘謹，但真的遇上這種情況時，美世實在不知道該如何拿捏分寸。

「唔，是一名很美麗的女性啊。真是太好嘍，清霞。」

「您在說什麼啊。」

聽到大海渡語帶調侃的發言，清霞以有些不滿的語氣回應。

即使是遲鈍的美世，光是在一旁聽著這兩人的對話，也能明白他們的關係相當友好融洽。

不過，大海渡不擅言詞的程度，似乎跟清霞不相上下。他們的對話，有一搭沒一搭到令人驚訝的程度。

「清霞，在那之後，你的身體情況如何？」

「託您的福，已經完全復原了。」

「抱歉啊，沒能直接去探望你。」

「不會。能收到您的慰問品，就很足夠了。非常感謝。」

清霞在家中靜養的這段期間，送到家中的慰問品出乎意料的多。寄送這些禮品的，有些是軍方相關人士、有些是和久堂家相關的人物、也有和清霞個人有私交的熟人。

因為數量過多，清霞一時還陷入不知道該怎麼處理的窘境。

印象中，大海渡送來的慰問品，是上頭有著精緻花樣的手帕。和水果之類的食品相較之下，這樣的禮物要來的實用得多。

不愧是身分立場都高人一等的人物，送禮時的考量也很貼心──清霞當下湧現了這樣的感想。

「是嗎……你重新返回職場之後，應該很忙碌吧。我也變得比過去更忙，連這場宴會，都差點被迫取消。」

「這我倒是初次耳聞。」

「因為有很多事情無法大聲張揚。我是可以告訴你事情的來龍去脈，但這麼做感覺會挨罵呢。總之，你之後再聽那位大人說明吧。」

大海渡很無奈似地垂下雙肩。

這段對話讓美世聽得一頭霧水，但清霞的反應似乎也跟她一樣。兩人不禁面面相覷。

這時，旭的嗓音再次傳來。

「啊，是母親！」

「喂，等等！」

眼看兒子又打算拔腿衝刺，大海渡伸出手一把揪住他的後方衣領。被他強行攔阻的旭不滿地嘟起嘴。

「父親，母親在那裡呢。」

「我知道，但是不准用跑的。小跑步也不行喔。」

「唔……」

大海渡揪著旭的衣領，嘆著氣表示「這孩子頑皮得要命，真傷腦筋。」

「不知道是像誰啊。」

「您說像誰——」

清霞微微瞇起眼，然後哼笑一聲。

「這還用問嗎？當然是像他的母親——」

「哎呀，你們在聊什麼呢？」

一個美世也很熟悉的嗓音，突然介入這兩人的對話。

她轉過頭，發現臉上掛著美麗笑容的葉月站在那裡。

「母親！」

（咦？）

脫離大海渡控制的旭，毫不猶豫地奔向葉月，開心地撲在她身上，而葉月也伸出手擁抱他。

「旭，你有當個好孩子嗎？」

「嗯，我有乖乖念書、也有學習武藝喔。」

「這樣呀，你很了不起喲。」

葉月是母親、旭是兒子，也就是說——

這麼說來，美世一開始還覺得旭長得有點像誰，但現在看到他和葉月站在一起，答案可說是一目瞭然。他和葉月像得不得了。

（是嗎？原來葉月小姐的前夫是大海渡大人嗎？）

而旭則是這兩人的孩子。這也和葉月之前向美世訴說的那段過往吻合。

老實說，葉月是一名母親的事實，美世原本還有些難以置信；但不可思議的是，像現在這樣親眼目睹後，她完全可以理解。

「老爺。」

美世以不會被大海渡等人發現的動作，輕輕扯了扯清霞的衣袖，小小聲向他攀談。

「怎麼？」

「葉月小姐跟旭長得好像呢。」

「是啊……他會那麼調皮，絕對也是因為跟姊姊很像。」

的確。美世也覺得倘若葉月年紀還小，應該會是個頑皮的孩子。因為，就算是現在，她也時常表現出天真無邪又活潑過頭的一面。

「那個……呃……葉月，妳過得好嗎？」

看到大海渡以有些不知所措的語氣這麼問，葉月先是愣愣地眨眼，隨後朝他嫣然一笑。

「嗯，當然好嘍。倒是你，有好好吃飯、好好睡覺嗎？工作忙碌是無所謂，但要是把身體弄壞了，可是得不償失喲。」

「妳是在擔心我嗎？」

「這不是理所當然的嗎？難道我看起來像個無情的女人？」

「不，我不是這個意思……」

「母親，我都有好好監督父親喔。」

「哎呀，謝謝你。旭真是可靠呢。」

這三人你一言我一句的交流極為自然，看起來就是一家人的感覺。沒有任何問題的幸福家族，完全無法想像大海渡和葉月其實是已經離婚的關係。

這麼說來，向美世訴說自己的過往時，提及前夫，葉月完全沒有表露出任何憎恨或仇視的情感。反而因為很珍惜對方，所以才會對同意離婚一事感到後悔萬分。現在，美世能夠明白她這樣的心情。

「美世，妳怎麼了？」

看到美世沉默下來，擔心她的清霞這麼開口詢問。他突如其來的溫柔，滲入美世的內心，在她的體內緩緩擴散開來。

她拚命抑制住莫名湧上來的淚水。

「沒……沒什麼。」

「是嗎？」

「我只是覺得，大家都很幸福，真是太好了……」

從葉月等人的表情，可以清楚明白一件事。

那三人所組成的家庭，或許和一般的家庭不太一樣。但對他們而言，那便是最完美的家庭的模樣。

即使夫妻之間的婚姻關係並不圓滿，身為一家人的連結，並不會因為這樣就瓦解消失。這一定是因為他們都掛念著彼此的緣故。

『只要不是太嚴重的事情，都無法摧毀家人之間的連結。』

啊啊，真的是如此呢。

所謂的一家人，並不是這麼脆弱的東西。親眼目睹了足以證明這句話的光景，讓美世大為感動。

這天的宴會十分熱鬧。在酒過三巡之後，賓客們的談笑聲變得更加活潑開朗。途中舉辦的舞台表演，更將整場宴會的氣氛提升至最高潮。

緊黏在清霞和葉月身邊，一直貫徹「傾聽者」的態度的美世，也逐漸習慣了宴會的氣氛，愈來愈能樂在其中。

「怎麼樣？宴會其實也是很不錯的吧？」

「是的。習慣之後，就會覺得很開心呢。」

美世站在葉月身旁啜飲著玻璃杯裡的水，感覺整個人都變得飄飄然的她，這麼贊同了葉月的說法。

不過，雖然嘴上這麼說，但她還是沒有能像葉月那樣，獨自在會場裡昂首闊步的勇氣。

融入宴會的氣氛後，美世也發現自己得克服的難題多得不得了。

而且，陌生男子前來攀談的次數，遠比她想像的還要來得多，這也讓美世傷透了腦筋。

「哎呀，清霞走過來了。」

「真的呢……」

方才一直在跟其他男性交談的清霞，現在朝美世和葉月所在的方向走來。

美世輕輕朝他揮手後，清霞卻移開了眼神。不過，只要理解這是他害羞的反應，就不會感到生氣，反而還有點有趣。

「美世，這場宴會怎麼樣？」

「這個問題我剛剛才問過美世妹妹呢。」

葉月沒好氣地開口。看著不知是今天第幾次陷入古怪氣氛之中的這兩人，美世不禁笑出來。

「謝謝您替我擔心——不要緊的，我開始能夠樂在其中了。」

「是嗎，那就好……姊姊，我能把美世借走一下嗎？」

「好呀，你們慢走。」

於是，美世再次被清霞領著在會場內移動。

「我們要去哪裡呢？」

「去見一位知曉很多事情的大人物。」

美世隨即領悟，清霞口中的「很多事情」，是指這次牽扯到薄刃家和奧津城的一連串事件。

不過，熟知這一切的始末的人物，究竟會是誰呢？如果是大海渡的話，在見面打招呼的時候，應該就會提及了才對。

難道，這跟大海渡說他變得很忙的理由有關嗎？

思考這個問題時，美世跟著清霞步出宴會廳，朝建築物的後方走去。

前進片刻後，眼前出現一扇巨大的窗戶，外頭則是陽台的設計。

（這裡是……）

太陽已經下山了，但被煤氣燈照亮的陽台，仍泛著微微的亮光。

設置在陽台的長椅上，有一個坐在那裡的人影，還有一個隨侍在旁的人影。從清霞和美世所在的方向，只能窺見他們的背影。

「堯人大人。」

清霞道出的這個名字，依舊讓美世感到陌生。雖然覺得好像在哪裡聽過，但遺憾的是，美世真的幾乎對世事一無所知。

只是，她能感覺到這個看似悠閒的場所，透露出幾分緊張的氣息。接下來，或許即將有什麼大事發生。

「來得好。嗯，再靠近一點吧。」

「是。」

坐在長椅上的人影朝清霞和美世招了招手。

待雙眼慢慢習慣昏暗的環境後，朝長椅走近的美世，終於能夠看清楚坐在上頭的人物的臉蛋。

此人有著美麗到幾乎不真實的樣貌。他的體型不算高大，但也不嬌小。看起來既像少年、又像少女，既像男人、亦像女人，是個散發出壓倒性魄力、令人無法移開視線的存在。不過，從身上那襲樣式簡素的高級和服，勉強可以判斷出他是一名男性。

他或許是不屬於人世的存在——讓人忍不住湧現這種敬畏之情的男子，帶著微笑啜飲杯中的酒液。

「在你身旁的，就是齋森家的女兒吧？」

「是的。她是我的未婚妻齋森美世。」

「您……您好，初次見面。」

像這樣在初次見面時使用的問候語，美世今天已經不知道重複說過幾次了。儘管如此，此刻的她卻覺得舌頭彷彿打結了似的。在不知不覺之中，緊張的感覺已經徹底將她吞噬。

要不是有清霞在身旁，她可能連好好呼吸都做不到。

此時，清霞在美世耳畔這麼輕聲開口。

「這位大人是天皇的第二位子嗣——擁有天啟能力的堯人大人。」

「陛下的……」

竟然是這麼一回事！怪不得美世總覺得在哪裡聽過這個名字。

因為，只要是這個帝國的人民，必定都曾在報章雜誌上看過他的名諱。

美世的臉色明顯地愈發蒼白。

堯人露出淺淺的笑容表示「無妨、無妨」。

「無須這般拘謹。如汝等所見，吾現在的身分並非天皇之子，只是清霞的兒時玩伴堯人罷了。」

「可、可是……」

「美世，沒關係。」

「呃……是……」

話雖如此，美世仍極度擔心不習慣這種場合的自己，會不會在不知不覺中做出無禮的行為。

就盡全力保持沉默吧——她暗自在內心這麼決定。

這時，美世才終於有餘力望向站在堯人背後待命的那名人物的臉。

（原來是大海渡大人呀。）

她透過視線交會，和今天才剛認識的這位身材壯碩的軍人問好。

因為天色已經轉暗，身為軍官的大海渡，想必是讓旭先行返家，然後自己留在這裡擔任堯人的護衛吧。

只有他一個人的話，這樣的警力感覺不太足夠。但如果堯人現在是微服出巡的狀態，這樣的安排，或許也是無可奈何的事情。

「汝等也過來這裡坐著。」

在堯人指示下，清霞來到他身旁就坐，美世則是坐在附近的一張單人椅上。

儘管誠惶誠恐至極，但總不好拒絕。不管怎麼說，這樣的發展，都對心臟很不好。

「清霞，汝也喝一杯吧？」

「謝大人款待。」

清霞畢恭畢敬地捧起酒杯，啜了一口裡頭的酒。

「齋森家的女兒，汝呢？」

「啊……呃……那個，我——」

葉月曾特地交代美世不要喝酒，但現在這種情況下，實在很難拒絕。

在美世困擾得說不出話的時候，清霞隨即從旁幫忙打圓場。

「堯人大人。美世還不習慣酒精，還請您給她其他的飲料。」

「是嗎？那麼，吾就讓人準備甜的飲品過來吧。」

順利從危機中抽身，讓美世不由得鬆了一口氣。

為她準備的飲料隨即被送上來。

裝在玻璃杯中的，是略微濃稠的琥珀色液體。美世試著喝了一口，發現大概是某種帶有甜味和苦味的濃稠果汁，用水稀釋過後，再加入蜂蜜調製而成。甜蜜的滋味，緩緩滲透至她疲憊身軀的每一角。

「那麼，該從何說起好呢……」

「堯人大人，原來您知悉一切嗎？」

「大致上都明白。不過，吾並不知道每個人心中各自的想法，因此也無法說是知悉一切。」

這麼回應後，堯人朝美世瞄了一眼。

「這次的事情，給汝添了很多麻煩啊。因為父皇的緣故，薄刃家、齋森家——眾人前行的方向，全都被打亂了。」

雖然堯人這麼說，但美世本人沒什麼感覺。

堯人的父親即為天皇。先不論和天皇進行交易的薄刃家，連齋森家的未來都被打亂，是什麼意思呢？此外，他說給美世添了很多麻煩，又是指什麼？

清霞也針對這番話沉思了半晌。

「意思是……雖然這麼說大不敬，不過，一切的幕後黑手……就是天皇嗎？」

「就是這麼一回事，實在令人無地自容。」

天皇是幕後黑手——這樣的真相實在太驚人了。整起事件的規模巨大到令人難以想像、也無法置信。

把玩著手中酒杯的堯人，一雙眼睛似乎望著很遙遠的地方。

「自從還是皇太子的時候，父皇便非常懼怕夢見的異能。」

倘若施展者很有天分、或是在苦練後完全駕馭這樣的能力，夢見的異能便有可能凌駕於天啟之上。

美世和清霞在薄刃家也聽過這樣的說法。

要是天啟比不上夢見的異能，身為皇族的自己和其他族人，或許就會失去現在的身分地位——打從過去，天皇便一直懷抱著這樣的危機意識。

「不過，只要夢見的異能者沒有誕生，就不會構成威脅。儘管畏懼薄刃家，但父皇原本或許並不打算採取什麼具體的行動。然而，薄刃家生出了薄刃澄美。」

在澄美心電感應的能力覺醒時，薄刃家判斷她或許會生下擁有夢見之力的後代，因此相當期待。

相反的，天皇則是湧現了「若是夢見的異能者真的誕生……」的憂慮。過去，原本只是沉睡在心中的不安想像，現在突然變得極其真實，彷彿是獲得了實體，隨時都會張牙舞爪地來襲。

難道——美世腦中浮現了某個想法。

難道，這次的事件開端，竟然是那麼久遠以前的事情嗎？

「於是，父皇恐怕是開始認真策劃該如何削弱薄刃的勢力了吧。」

說得簡單一點，只要徹底讓薄刃家沒落衰敗，即使夢見的異能者誕生，也不至於成為太大的威脅。過去，薄刃家的勢力代代都受到某種程度的限制，但現在，天皇覺得這麼做還不夠。

聽到這裡，清霞微微瞪大雙眼。

「難不成，鶴木貿易在某個時期經營不善，是因為——」

「那疑似就是父皇搞的鬼啊。他背地裡動了一些手腳，企圖讓鶴木貿易的營運出現問題。而且是足以讓企業徹底瓦解的程度。」

「隨後，一如天皇的計畫，薄刃家落魄到族人只能過著有一餐沒一餐的生活……是這麼一回事嗎？」

「似乎就是這樣。」

如同天皇的期望，薄刃家陷入幾近滅族的窘境。然而，這樣仍無法讓天皇感到滿足。

「接著，父皇又開始擔憂薄刃澄美和薄刃一族的成員通婚後，會生下承襲雙方的薄刃血脈的後代。」

「薄刃的血脈愈是純正，愈容易生出持有夢見之力的孩子，是嗎？」

「至少，父皇是這麼認為。因此，他無論如何都想阻止薄刃澄美和薄刃的族人結婚。」

不過，天皇並沒有愚昧到會讓薄刃的血脈分支到和異能完全無關的家系裡。這時，浮現在他腦中的候補，便是家系中誕生的異能者愈來愈少、可以想見家道中落的未來的齋森家。

「父皇向齋森家透露了夢見之力一事，還賜予他們大筆的資金，唆使齋森家將薄刃澄美弄到手。只要將她和薄刃家拆散，無論後者會就此衰亡、或是重新振作，都已經不重要了。又或者，其實這一切也都是父皇計畫中的一環……儘管是吾的父親，但他的執著，還真是讓吾佩服得五體投地。」

「薄刃義浪曾說過，他不知道齋森家是從哪裡籌措到如此龐大的一筆錢。所以，原來是陛下提供的資金嗎——」

站在齋森家的立場，這樣的交易百利而無一害。

不但能同時得到鉅款和貴重的血脈，而且，做此提議的人還是天皇。無論是誰，都不會拒絕這樣的機會吧。

「之後的事情發展，就像汝等所知道的那樣了。」

薄刃澄美和齋森真一結婚，並產下美世。其後，澄美刻意隱瞞美世擁有夢見的異能一事，除了她以外，所有人都認為美世是沒有異能的凡人……包括天皇在內。

至此，堯人頓了頓，仰頭飲盡自己注入杯中的冰冷美酒。

「我大致上明白了。在美世離開齋森家、封印也跟著失效後，陛下或許就察覺到她所擁有的異能了吧。至於奧津城那起事件，針對的目標是我嗎？」

清霞嘆了口氣這麼說，同樣將杯中殘留的酒一口氣嚥下。

「這個嘛……」堯人薄薄的唇瓣彎成宛如弦月的弧度。

「在汝等訂定婚約後，清霞，汝也成了父皇的標的之一。畢竟，要是久堂家得到了夢見之力，對父皇來說，可會成為前所未見的巨大威脅。之所以釋放奧津城的怨靈，是為了確實讓汝等分隔兩地，再把相關罪狀推給對異特務小隊，讓汝顏面地位盡失——運氣好的話，甚至還能奪去汝的性命。」

「實際上，我確實一度陷入相當危險的狀態。不過，讓薄刃新從旁協助，又是怎麼一回事？」

「父皇只是為了讓汝等分開，而一時利用他罷了。巧妙地讓薄刃家和久堂家陷入對立的狀態，最後落得兩敗俱傷的下場——這恐怕就是父皇打的如意算盤吧。」

到這裡的發展，總覺得哪裡不太對勁。

從堯人的說法聽來，天皇似乎給人異常焦急的感覺。像是執意尋求一箭雙鵰、甚至是三鵰的結果。

而這種異常的感覺，在場的眾人似乎都察覺到了。

「沒錯。父皇十分焦急——吾接下來要說的話，希望汝等不要洩漏出去。」

「……？」

「父皇、亦即現任天皇，已經失去了天啟的能力。」

這句話讓所有在場者都錯愕不已。

擁有天啟能力，可說是天皇在位者必須具備的一種資格。要是他現已失去這項能力，這可不是能以醜聞兩個字帶過的問題。

這是絕對無法洩漏出去的消息。

「重病纏身的他，現在就連起身都很困難。只是躺在被褥裡延續著生命而已。」

失去天啟的能力，身體也變得衰老病弱。

這樣的話，想必會心急如焚吧。畢竟他不只即將失去性命，連地位都有可能不保。

「因為父皇不願讓位，今後，他依舊不會卸下天皇的頭銜。至於接收天啟一事，也只能由吾代替他進行。」

這時，美世突然想起自己的表哥說過的話。

那時，新確實說是天皇透過天啟的能力，看到對異特務小隊即將變得忙碌不已的未來，並將這件事告訴他。原來是這麼一回事嗎？即使已經失去了天啟的能力，既然天皇就是幕後黑手，能預測接下來的發展，便不足為奇。這樣的話，一切都說得通了。

同時，美世這才明白，原來新對真相根本一無所知。

「請問……」

聽到美世突然出聲，堯人和清霞的眸子雙雙望向她。

「堯人……大人。」

「唔，何事？」

美世放下變得微溫的玻璃杯

她無法理解太過複雜困難的事情。至此的對話內容，她想必也還是有不甚明白的部分吧。然而，只有這件事，她必須開口說出來。

「請問，薄刃家或是我的表哥，會受到什麼樣的懲罰嗎？」

「懲罰啊……」

「是的，尤其是我的表哥。他和陛下進行交易，也一直依照陛下的指示行動。但在最後關頭，為了幫助我，他違背了指示……違背陛下命令之人，會被冠上謀反的罪名……是嗎？」

今後，現任天皇仍會繼續坐擁這樣的地位，直到他駕崩為止。這也代表他依舊是掌權者。因此，新未能服從他的命令的事實，也會一直存在。

堯人以「確實如此啊」回應。

「薄刃家並沒有錯，是我……是我老是做出任性的要求，還擅自採取行動……所以……」

「吾明白。」

相貌端整的皇子，以他美麗的臉蛋發出一聲輕笑。

「無須擔心，汝和薄刃家不會被問罪。首先，不管怎麼看，薄刃家都是受害者。是父皇我行我素之下的受害者。懲罰被害者、致使貴重的血脈折損，更是愚蠢至極的行為。豈能讓這等荒唐的事情發生呢？」

「可、可是，倘若陛下不願意原諒的話……」

「別心急。吾馬上會正式繼承皇太子的地位。今後，吾想必會扛起天皇所有的職責吧。吾已經以靜養的名目，斷絕了父皇跟外界的一切往來，他無法再做什麼了。」

不用接受懲罰。

聽到堯人這麼斷言，終於鬆了一口氣的美世輕撫胸口。

但這時，一旁的清霞插嘴了。

「不問薄刃家的罪，我想也是理所當然的，但陛下他……這樣的做法，實際上等同於幽禁吧？無人對此懷抱不滿嗎？」

「唔，明白事情始末的成員之中，確實也有反對這麼做的人。」

「那麼——」

「清霞，別看吾這樣，對於這次的事件，吾可是氣憤難平啊。」

這個瞬間，堯人散發出來的冰冷氛圍，讓美世和清霞——甚至連大海渡都止住了呼吸。

「父皇的獨斷妄為，讓無辜的百姓毫無意義地犧牲了性命。他忘了先有人民、始有國家的道理，為了個人的欲望和利益，而視人命如草芥。這樣的人，豈有繼續霸占皇位的資格？」

如此斷言的堯人，雙眸深處透露出高漲的怒意。

不過，他在轉眼間掩藏這樣的怒火，恢復原本帶著淺淺笑意的表情起身。

「抱歉，吾似乎太激動了一點，吾差不多要打道回府了。」

「屬下送您回去。」

「唔，主辦人離開會場也無妨嗎？」

「屬下之後會再回來，請您無須擔心。」

「是嗎？那就有勞你了。」

大海渡緊跟在堯人身後離開。

前進了幾步後，這位高貴而美麗的人物轉頭望向美世和清霞。

「今晚能跟汝等說到話，吾覺得很開心。下次再會吧。」

「是。」

站在清霞身旁的美世，也默默地低頭致意。

終章

魚乾在火爐上烘烤得滋滋作響。

掀開溫熱的鍋蓋後，味噌湯的香味乘著瀰漫的蒸氣，在整個廚房裡擴散開來。

剛煮好的白米飯、以及茗荷豆腐味噌湯。盤子裡盛著剛剛烤好、散發著焦香味的鯖魚乾。將散發著透亮光澤、顏色看起來也很美味的燉煮小芋頭、以及自己做的醃菜一一裝進小缽裡，再放上托盤。

同時，美世也把配菜裝進一旁的大便當盒裡。

她試著挑戰時下流行的可樂餅，今天的成品滋味很不錯。

（完成了。）

美世朝完成的早餐和便當瞥了一眼，便端著用膳桌走向起居室。

由里江今天也休假。

畢竟她年事已高，而且美世也已經徹底習慣這個家的生活了，因此，清霞決定讓由里江過來幫忙的時段延後，也增加了她休假的日數。

不過，這樣一來，由里江的工資也會跟著變少。美世原本還以為這樣會造成她的困擾，但由里江卻像是看到自己的孩子能夠獨當一面那樣，欣喜地表示「少爺和美世大人都成長得好優秀呢。」

「早安，老爺。」

「噢，早安。」

正在閱讀報紙的清霞，上半身尚未套上軍裝，而是一襲襯衫打扮。

一如往常的晨間光景。久堂家終於恢復了以往的日常生活。

「早餐準備好了。」

「今天的早餐看起來也很美味啊。」

清霞從報紙上抬起視線，露出笑容這麼回應。這樣的他實在過於俊美，讓美世不禁心跳加速。

在她只是發出「啊……嗚……」這類沒有意義的聲音、視線也到處游移的時候，清霞從她手中一把接過用膳桌。

「趕快來吃吧。」

「啊，好、好的！」

兩人一起合掌道出「我要開動了」，然後將剛做好的早餐送進口中。

「這個小芋頭很好吃。」

「這樣呀，太好了。」

「對了，今天是姊姊會來上課的日子嗎？」

「啊，是的。」

雖然次數變少了，但葉月的指導課程至今仍持續著。她每週大概只會來一到兩次，不過，學習新知的時間讓美世樂在其中，能跟葉月見面聊天，她也覺得很開心。

「妳看起來很開心啊。」

「咦！」

「表情，妳在傻笑喔。」

美世反射性地伸手觸摸自己的臉頰，但仍搞不清楚狀況。

看到她這樣的反應，清霞噗嗤一聲笑出來。

「罷了，無妨。但妳可別太勉強自己。」

「我絕對不會的。」

「是嗎？那就好。」

先前的經驗，讓美世深深理解到勉強自己，絕對不會有好事。

不過，像這樣兩個人一起用餐，同時閒聊一些瑣碎又無謂的話題——這樣的日常生活，比什麼都要來得寶貴。

不知為何，美世現在已經不會再做惡夢了。或許是因為她察覺到自身的異能了吧。

那時，幸好她沒有放棄，堅持選擇這個家和清霞，幸好她有主動採取行動。她沒有失去這樣的日常生活，真的是太好了。

「請您路上小心。」

早餐時間結束後，美世來到玄關，恭送做好出門準備的清霞離開。

外頭是一片晴朗蔚藍的天空。今天早上的空氣帶著幾分涼意。和初秋時節相符的氣溫，讓人意識到季節的變遷。

總覺得不久之前，天氣明明都還很炎熱……或許是來到這個家之後，時間感覺也流逝得特別快吧。

「我出門了。傍晚就會回來……幫我問候姊姊一聲。」

「好的。啊，老爺。」

「怎麼？」

「您的髮帶鬆了。我替您重新綁好，請您蹲下來。」

「抱歉，麻煩妳了。」

在清霞半蹲下來後，美世上前將快要鬆脫的髮帶重新綁緊。

她之前送給清霞的這條髮帶，今天也很努力地盡到了職責。看到清霞每天都使用這條髮帶，美世暗自下定決心，之後要再親手編新的髮帶送給他。

「綁好了。」

「噢，謝謝。」

「！」

美世不禁屏息。

「……」

「……」

不經意地轉過頭來的清霞，一張臉比她想像的更靠近自己。兩人目前處於鼻尖幾乎相觸、可以感覺到彼此呼吸的極近距離之下。

清霞和美世雙雙僵住，說不出半句話。

怦咚、怦咚的劇烈心跳聲持續著。

這個出乎意料的狀況，讓美世吃驚得整個人僵住，連一根手指都無法動彈。

只是注視著彼此，為什麼會讓她緊張成這樣呢？

「美世。」

清霞的掌心緩緩撫上美世的臉頰，而後——

「咳……咳咳！」

一陣乾咳聲突然傳來。

原本沉浸於兩人世界的美世和清霞嚇得雙肩一顫，反射性地和對方拉開距離。

因為害羞和尷尬，美世完全無法直視清霞的臉，只好隨即移開視線。

「失禮了，在一旁悶不吭聲地偷看，總覺得也不太恰當，所以……」

令人吃驚的是，從道路的另一頭一邊這麼說、一邊朝兩人走來的，是美世的表哥薄刃新。剛才的咳嗽聲似乎也是源自於他。

他的臉上依舊帶著親和力十足的笑容，身上那套高級西裝的穿搭也完美無缺，讓他給人一種爽朗帥氣的青年的形象。

「新先生，您怎麼會……」

「要說好久不見，好像也不至於呢——妳好，美世。」

自從清霞恢復意識那天以來，美世已經有超過一個月的時間，都未曾接到薄刃家的聯絡。

儘管堯人表示不用擔心，但這只是代表天皇並不會處罰薄刃家；至於薄刃家會不會懲處違反紀律的新，又是另外一回事了。

美世有聽說，對於違反紀律的族人，薄刃家會施以嚴厲的處罰。因此，她一直很在意新的狀況。

「不要表現出這種像是活見鬼的反應嘛。」

新聳聳肩，然後又補上一句「我看起來明明是這麼有活力啊。」

「因為……那個……我一直很擔心您會不會受到什麼處罰……」

「我確實有受到處罰。大概有三個星期的時間，我都自主在家裡閉關思過。」

「自主？」

是主動把自己關在家裡不出門的意思嗎？美世總覺得跟她原先想像的不太一樣。

「是的，畢竟這次發生太多事情了。不過，因為都是跟夢見的異能相關的問題，而且堯人大人還親自大駕光臨薄刃家，要我們重新審視薄刃家的定位和價值。我想，薄刃家的家規，之後應該也會有所改變吧。」

「這樣呀……」

印象中，薄刃家目前沿用的家規確實相當嚴苛。一如社會和法律會隨著時代而改變，因應現況調整家規，或許也是極其自然的事情。

明白這些後，美世鬆了一口氣。不過，相較於這樣的她的反應，清霞的眼神一直很冰冷。

「所以，你今天來做什麼？」

「請不要動怒。我也是有要事在身，才會前來拜訪。」

「我現在就是在問你的要事是什麼。」

清霞的態度很冷淡，彷彿在嫌棄新這個電燈泡。

看著未婚夫煩躁的模樣，美世感到有些不解。他有這麼討厭新嗎？

「你不趕快去值勤沒關係嗎？久堂少校，會遲到喔。」

「你覺得我會留下你們兩個，然後自己離開嗎？」

「我不在意的。」

「我會在意。」

不知為何，這兩人之間飄散出火藥味。

「你真愛操心呢……我今天純粹是為了一個提議而來。」

聽到新這麼說，清霞的眉心擠出深深的皺紋。

「提議？」

「沒錯。我就開門見山地說吧——能請你雇用我擔任美世的保鏢嗎？」

「咦咦！」

「你說什麼？」

因為震驚，美世不禁發出有些高亢的驚嘆聲。

不過，突然聽到有人表示要擔任自己的保鏢，無論是誰，都會大吃一驚吧。

「我覺得這個提議並不壞。今後美世有必要好好駕馭她的夢見之力。打算利用夢見之力來幹壞事的邪惡之徒有可能會不請自來，而且，因為工作因素，你有時也不得不長時間離開美世身旁吧？這種情況下，有個能保護她的人在，應該會比較方便不是？」

「……」

「我是美世的表哥。由我陪在她身旁的話，也不會有人說閒話。如何，這樣的條件聽起來不錯吧？」

「但你自己的工作要怎麼辦？你是協商者吧？」

「我的工作某種程度上還算自由。真要說的話，因為我沒有受到公司聘僱，要不要接下委託，其實完全視我的心情而定呢。」

該說不愧是協商者嗎？新流暢地道出這個提議的各項優點，彷彿這麼做百利而無一害。

或許是判斷一口回絕他也不好吧，清霞以嚴肅的表情低喃：

「我考慮一下，答覆暫時保留。」

「也可以。換作是平常，我多半會要求對方馬上做出決定；但現在要是這麼做，感覺只會讓你更討厭我呢。」

「當然了。」

提心吊膽地在一旁看著兩人對話的美世，發現話題看似和平地結束後，這才終於放下心來。

這時，一陣轎車的引擎聲靠近。是將葉月載過來的久堂家主宅邸的轎車。

「這不是美世妹妹的表哥嗎？你也來了呀。」

「妳好，我的名字叫做新。可以的話，請這樣叫我吧。」

「這樣呀，那你也直接叫我的名字就好嘍。」

葉月和新笑瞇瞇地和彼此應酬。

看到這一幕，清霞露出一臉疲態。

「聒噪的人又增加了啊……」

他以手扶額，嘆了一口氣。

美世開始思考。

這種時候，身為妻子的女性，一般都會對自己的丈夫說些什麼、又或是做些什麼呢？遺憾的是，她沒有這方面的相關知識。

不過，身為未婚妻，美世實在不忍心看到清霞帶著滿臉的疲憊去上班。妻子還是必須要成為丈夫私底下的支柱才行。

（能夠讓老爺開心的事情……讓他感到療癒的事情。不行，我完全想不到呢。）

儘管想不到，但根據過去的經驗，美世明白自己必須以行動表示些什麼。

（好……好吧。）

下定決心後，美世開口輕聲呼喚清霞。

「老爺。那個……能請您再蹲下來一次嗎？」

「嗯？噢，像這樣嗎？」

清霞蹲低之後，美世伸出手，將掌心輕輕放在他的頭頂，然後來回移動——也就是輕撫他的頭。

（咦？可是，被人摸頭，成年男性會覺得開心嗎？）

看到清霞突然瞪大眼睛沉默下來的反應，美世感到愈來愈不安。

孩子們被摸頭時都會表現出開心的反應，每次清霞用手溫柔地輕拍美世的腦袋時，也總讓她覺得心裡暖暖的。所以——美世原本是這麼想的，不過，她或許錯了吧。

「老爺？」

「……美世。」

「是。」

視線茫然注視著某個定點的清霞輕聲開口。

「妳……為什麼選擇這麼做……」

「呃，那個……說是選擇，因為……我想說這麼做的話，就能讓您恢復精神。啊，您、您討厭這樣嗎？對、對不起。」

「我不討厭。」

在美世慌忙移開自己的手時，清霞隨即揪住她的手腕，有些強硬地將她整個人拉近自己。

（啊……）

美世感覺某個柔軟的東西觸及自己的額頭。

不過，這只是在一瞬間發生的事。在她的腦袋仍一片混亂時，清霞已經鬆開了她的手。

完全搞不清楚狀況的她，將手撫上自己的額頭，然後感受到些許溫熱的觸感。

「我恢復精神了。那麼，我出發了。」

「好、好的……請您路上小心……」

朝美世露出神清氣爽的微笑後，清霞轉身俐落地邁開步伐。美世在原地目送他離去的背影。

一旁的葉月和新，帶著有些壞心眼的笑容，眺望著美世神情恍惚的模樣。

後記

各位，好久不見了。我是在小說第一集出版後，筆名屢屢收到「不會唸」、「不會寫」、「記不住」的負面評價的顎木あくみ。

看到《我的幸福婚約》第二集像這樣順利出版，我真的放下了心上的一顆大石。

畢竟，依照這個故事的安排，要是沒有第二集的話，第一集留下的諸多謎題就無法真相大白了。各位想必也很擔心這一點吧。有機會繼續寫，真的是太好了……

因此，第二集的故事，在敘述美世和清霞針對上一集發生的事件，開始一步步抽絲剝繭的過程。大家覺得如何呢？我其實寫得提心吊膽的呢。可以說是第一集的解答篇的本作，異能這類的奇幻設定登場的頻率比較高，不知道大家能否接受這樣的內容……我一邊這麼想，一邊顫抖著執筆。

此外，或許也有讀者已經閱讀過網路版了。以實體書的形式出版的本作，內容有了大幅度的修改。冗長繁雜的說明比網路版少了許多（雖然還是很多），角色的心境描寫，應該也變得比較好懂了。

說到網路版，由高坂りと老師負責繪製的漫畫版，目前正在SQUARE ENIX的《GANGAN ONLINE》上連載（二〇一九年七月）。高坂老師的漫畫完成度非常高，請大家務必看看！（註2）

接下來，我要由衷感謝我的責任編輯大人。這次，我給您添了比之前更多的麻煩。不好意思，我是個讓人勞心勞力的人。我會多注意。

替我描繪封面插圖的月岡月穗老師。感謝您美麗纖細的插圖，我幾乎想要把它裱框掛起來裝飾了。

最後是選擇了本書的各位讀者。多虧大家的支持和打氣，我才能夠繼續寫下去。我在此獻上最真誠的感謝。非常感謝大家。

那麼，期待未來再和各位相會。

顎木あくみ

註2：此為日本出版狀況。

國家圖書館出版品預行編目資料

我的幸福婚約 二 / 顎木あくみ作 ; 許婷婷譯 .
-- 初版 . -- 臺北市 : 臺灣角川股份有限公司 ,
2021.06-
　冊 ;　公分 . -- (Kadokawa light literature)

譯自 : わたしの幸せな結婚 二
ISBN 978-986-524-566-5(第 2 冊 : 平裝)

861.57　　　　110000936

我的幸福婚約 二

原著名＊わたしの幸せな結婚　二

作　　者＊顎木あくみ
插　　畫＊月岡月穗
譯　　者＊許婷婷

2021年6月30日　初版第1刷發行
2023年9月4日　初版第4刷發行

發 行 人＊岩崎剛人
總　　監＊呂慧君
總 編 輯＊蔡佩芬
主　　編＊李維莉
美術設計＊林慧玟
印　　務＊李明修（主任）、張加恩（主任）、張凱棋

台灣角川

發 行 所＊台灣角川股份有限公司
地　　址＊104台北市中山區松江路223號3樓
電　　話＊（02）2515-3000
傳　　真＊（02）2515-0033
網　　址＊www.kadokawa.com.tw
劃撥帳戶＊台灣角川股份有限公司
劃撥帳號＊19487412
法律顧問＊有澤法律事務所
製　　版＊尚騰印刷事業有限公司
I S B N＊978-986-524-566-5

WATASHI NO SHIAWASENA KEKKON Vol.2

First published in Japan in 2019 by KADOKAWA CORPORATION, Tokyo.
Complex Chinese translation rights arranged with KADOKAWA CORPORATION, Tokyo.